JN147123

BBN
B•BOY NOVELS

タフEXTRA1 Unlucky man《アンラッキーマン》

岩本 薫

イラスト／高崎ぼすこ

この物語はフィクションであり、実際の人物・団体・事件等とは、一切関係ありません。

Contents

Characters

神《かみ》蔵《くら》 響《ひびき》

渋谷中央署の刑事。不敵で強引な男。シンゴとは親友だったが、高校三年の夏、無理やりシンゴを抱いて決裂。以降8年間、絶縁状態だった。

永瀬貴水

シンゴと響の高校時代からの友人。帰国子女でゲイ。

春畑 俊

響の後輩刑事。無邪気な青年。愛称、春くん。

神蔵さくら

殉職した響の兄の妻。小料理屋さくらの女将。

平間《ひらま》シンゴ

グラフィックデザイナー。ロシアの血が1/8入っている超絶美人だが、中身はごく普通の青年。響と再会してからトラブルメイカーぶりを発揮する。

◆初出一覧◆
B.D.大作戦　／書き下ろし
アンラッキー刑事《デカ》　／ビブロスホームページ『BEEEP!!』にて発表
春畑俊の誓い　／ビブロスホームページ『BEEEP!!』にて発表
プリンセスモンキー争奪戦　／書き下ろし
※上記は『TOUGH!6　アンラッキー刑事』からの再収録にあたり、改題・大幅改稿し、下記作品を追加収録しました。
甘い拘束　／書き下ろし

B.D. 大作戦

タフ5巻収録「Act.7 ホット ターゲット」の後のエピソード。大きな試練を乗り越えた響とシンゴ。恋人同士になっても相変わらずスリリングな、彼らの日常。

SIDE《SHINGO》

テーブルを覆う真っ白なテーブルクロス。その上に、次から次へと料理が運ばれてくる。

山のように積まれた俵形《たわらがた》のクリームコロッケ。こんがりと程よく焦《こ》げ目のついたハンバーグ。きゅうりとにんじん、ハムの彩《いろど》りも鮮《あざ》やかなポテトサラダ。カラッと揚がった鶏の唐揚げ。ケチャップのにおいが食欲をそそるナポリタン。まだ湯気が立っているコーンクリームスープ。

どれも子供の頃からの大好物ばかりだ。

めちゃくちゃうまそうで、見ているだけで涎《よだれ》が出てくる。

〝好きなだけ食っていいぞ〟

マジか!?　全部食べていいの？

〝今日はおまえの誕生日だからな〟

やった！　ハピバ俺!!　じゃあ遠慮なくいただきまーす。

〝ただし時間内に完食できなかった場合は、料理の代金を支払ってもらう〟

えっ？　時間内ってどのくらい？

〝制限時間は十分〟

ええ～!?　十分で完食は無理だって！

〝権利を放棄するならば、ここにある料理もすべて破棄《はき》する〟

そ、そんなもったいない！　やるよ。やりますよ！　十分で食べればいいんだろ？

〝――あと五分〟

は？　いつからカウントダウン始まってたんだよ？　んなの絶対間に合わな……。

〝あと二分〟

おまえの時計、おかしいって!!

〝あと一分〟

一分って、まだ手もつけてないよ。つーか、なんでおまえ、テーブルクロスの端を摑んでるんだよ？　……ま、まさか破棄って、クロス引っ張って床に落とすつもりじゃあ……。そんなちゃぶ台引っ繰り返すような真似よせって！

〝カウントダウン。……9……8……7……6……5……4……3〟

ま、待てって！　……やめろ！　……やめてくれっ。

〝……2……1……ゼロ〟

ピリリリリリッ。

〝ゲームオーバー〟

うわああああああ――!!

叫び声をあげて、ガバッと跳ね起きる。反り返った反動で、アーロンチェアから転がり落ちかけた俺は、あわててデスクの縁にしがみついた。

「あっぶねー……」

かろうじて体勢を立て直した耳の奥では、非情な終了を知らせる〝ゲームオーバー〟という声が残響のようにこだましている。どこかで聞いたことがあるような低音ボイス……。

ドキドキとうるさい心臓の音を意識しながら、こしこしと目を擦って正面のディスプレイを見つめた。ここ数日間、起動させっぱなしだった画面が、いつからかスリープモードになっている。

真っ黒なディスプレイから、その斜め後ろのブラインドに視線を移動させた俺は、隙間から差し込む眩《まぶ》しい光にぱちぱちと両目を瞬かせた。

「朝？　……寝落ちしちゃってたのか」

いま思い出しても、最後のほうの記憶は曖昧《あいまい》で、脳の半分が眠っているような状態だった。この三日、不眠不休の修羅場《しゅらば》が続いていたから。

「……それにしても変な夢だったな」

はじめは誕生日のごちそうだったのが、いつの間にやら大食いバトルになっていて。まあ、夢なんてそんなものだけど……それにしても、夢のなかでまで食いっぱぐれるなんてついてない。

「あの料理、めっちゃうまそうだったな……」

夢のなかのごちそうの数々を思い出したとたんに、腹がぐーと鳴る。そういや昨日の昼からなんにも食べてない。

「いま何時だ？」

手許のマウスを空打ちすると、スリープモードが解除され、ディスプレイが明るくなった。画面の右上に表示された時間を見る。

「十時三十四分か……四時間くらいは寝た感じ？」

でもまだ頭がぼーっとしていた。たぶん、睡眠がぜんぜん足りていない。三日分を掻き集めても十時間に満たないもんな。

(なにか軽く食って、ちゃんとベッドで眠り直すか)

キーボードの横にある、涎の跡と思《おぼ》しき輪染みを眺めつつ、ぼんやり考えていたときだった。

ピリリリリリッ。ピリリリリリリッ。

十秒ほど、ぼーっと聞き流していて——ふと、それが電話の着信音だと気がついた。はっと我に返り、デスクの端にあるスマホに手を伸ばす。通話ボタンをタップして、スマホを耳に当てた。

「ふぁい、平間《ひらま》です」

焦《あせ》ったせいか、呂律《ろれつ》の怪しい口調で出てしまう。

『お疲れ様です。Lovely《ラブリー》編集部の大田《おおた》です』

「あ、大田さん。お疲れ様です」

耳殻《じかく》に届いたクライアントの声に、ようやく頭がしゃっきりした。

『シンゴくん、ひょっとして寝てた？』

「えっ、なんで？」

図星を指され、虚《きょ》を衝《つ》かれた声が出る。

『さっきもかけたんだけど、かなり長くコールしても出なかったから』

その説明で気がついた。夢のなかの〝ピリリリリリッ〟は、電話の着信音だったのか。

「……す、すみません……」

『いえいえ、こちらこそ、日曜の朝から電話しちゃってごめんね』

「とんでもない。もとはといえば、俺が金曜に入稿できなかったのが悪いんで。大田さんは、いまどこから？　会社？」

大田さんは、ティーンズ向けファッション雑誌『Lovely』編集部の副編集長。Lovely のアートディレクションを担当する俺——平間シンゴとは、かれこれ二年近いつきあいになる。

『もち、会社よ。無人のオフィスにぼっち出社です。今更だけどカレンダーを恨むわ～。月末に三連休って、もうホントあたしらに死ねってーのって。ふふふ……』

乾いた笑いに、つられて苦笑い。日曜の午前中から休日出勤（ちなみに昨日も編集部にいた）しなくちゃならないのだから、編集者ってマジで大変だ。ぶっちゃけ、職場環境としては限りなくブラック。本当に出版の仕事が好きだから、やれているんだよなあ。

『そういうシンゴくんだって完徹でしょ？　最後のレイアウトデータがクラウドに上がったの、朝の六時になってたもんね』

そう、ブラックっていう点では、デザイナーも変わらない。俺みたいに、組織だった後ろ盾もないフリーランスの場合はなおさらで、他人より徹夜してナンボなのもシビアな現実だったりするわけで。まあ、それでもこうしてレギュラーの仕事があるだけ幸せなんだけど。

（にしても、今回はキツかったなー……）

本来なら明日がLovely十二月号の最終入稿日なのだが、二十九日の月曜日が祝日の振り替えで休日になるために前倒しとなり、金曜日がデッドに。追い込みの時期に三日分の作業時間が削られるのはかなり痛い。一週間ほど外出せず、PC《パソコン》にかじりついてがんばったが、やはり金曜日じゅうにすべてのレイアウトデータを仕上げることは叶わなかった。取り零《こぼ》したページを、そこからまる一日と六時間ぶっ通しでレイアウトしていた俺は、空が白み始めた今朝の六時頃、最後のデータを出版社のオンラインストレージに放り込んだ瞬間、意識を失った――。

どうやら気を失うようにデスクに突っ伏して、そのまま爆睡していたようだ。このところ、レギュラーのLovelyに加えて、突発のカタログの仕事も入ってきたりして、息つく暇もないくらい忙しかったから、相当疲れが溜まっていたらしい。

『電話したのは、最後に上げてもらったレイアウトの件で、何点か確認したいことがあって』

オフィシャルな声色に変わった彼女に合わせ、俺も頭を仕事モードに切り替える。ディスプレイ画面に当該のレイアウトページを開き、確認事項に答えた。

『了解です。じゃあこれで入稿するね。――あ、そうそう、ついでに確認したいんだけど、色校はいつものように印刷所に出向いての出張校正になります。木曜の午前十時から刷り出しが出てくる予定だって。シンゴくん、その日大丈夫？』

「ちょっと待ってください。たぶん大丈夫だけど、一応確かめます」

ＰＣのカレンダーを開き、来週の予定をチェックする。

「木曜……大丈夫です。はい、じゃあ十時に現地で。またなにかあったら連絡ください。ひとまずお疲れ様でした」

通話を切って、ＰＣと同期しているスマホのカレンダーアプリを開き、新規の予定を書き込もうとした手がぴたりと止まった。

（ん？）

今日の日付――十月二十八日にチェックが入っている。

あれ……今日、なんか予定入ってたっけ？　家賃の支払いは月末最終日だし、資源ゴミの日は月頭だしな。

日付をタップして、十月二十八日の予定を開いた。

「………っ」

そこに記された（自分で記入したんだけど）文字を読んで息を呑《の》む。極限まで目を見開き、フリーズした。

「ひっ……ひっ……」

やがて立て続けに、喉の奥から首を絞められた鶏みたいな悲鳴が漏れる。

「響《ひびき》の誕生日だーっ！」

叫ぶと同時に、手許のスマホをゴトッと取り落とした。

響というのは、俺の中学時代からの悪友で、高校卒業後、八年のブランクを経て再会し、約一年のあいだに振りかかってきた様々な事件を乗り越え、晴れて恋人関係となった神蔵《かみくら》響のことだ。

ちなみに職業刑事。渋谷《しぶや》中央署《ちゅうおうしょ》勤務——などと説明している場合じゃなかった。

ヤバい。……いや、ヤバいなんてもんじゃないっ!

(すっっっかり忘れてた!!)

いっそ清々しいほどにきれいさっぱり、完璧に忘却の彼方だった……。

「ど、ど、どうしよう……」

心臓が音を立ててドッドッドッと走り出す。背中がひんやりして、毛穴という毛穴からいやな汗がじわーっと滲《にじ》み出る。

「プレゼントも用意してない……」

居ても立ってもいられずにアーロンチェアから立ち上がり、リビングを行ったり来たりした。途中で頭を掻きむしって「うわあああ」と呻《うめ》き声を漏らす。

「……最っ低」

いくら仕事が立て込んでて寝る時間もないほどクソ忙しかったからって、恋人同士になって初めてのカレシの誕生日を忘れるなんて……っ。

恋人失格……つーか、人間失格。

響はちゃんと、俺の誕生日を覚えていた。あのときはまだ、つきあい始める前だったのに……。

（なのに、俺ときたら）

「ばかばかばかっ。ばかたれっ」

忙しさにかまけて大切な日を忘却し切っていたおのれの愚かさが許せず、声に出して罵倒《ばとう》する。

「グズ。ドジ。マヌケ。アホ。おたんちん。うっかりにもほどがあるだろーが!!」

ディスりのボキャブラリーを使い果たしたことで少しだけ気が済んで、自虐《じぎゃく》の波が引き潮のように引く——のと入れ替わりに、建設的な思考が頭をもたげてきた。

（……そうだ）

こんなときこそ、レッツポジティブシンキング。

今日という日はまだ始まったばかり。いまならまだ間に合う。巻き返せる。ギリギリセーフだ。

前向きな言葉を並べたら、たちまちアドレナリンがフルチャージになる。

「見てろよ！」

誰に対してイキッているのか、自分でもよくわからなかったが、とりあえずぎゅっと手のひらを握り締める。

後《おく》れを取った分、ここからの巻き返しで一発逆転、響が泣いて喜ぶような誕生日にしてみせるぜ!!

と、奮起《ふんき》したところで、当の本人は、本日が誕生日であることを覚えているんだろうか。

このところお互いに忙しかったのもあるが、それらしきアピールはなかった。去年の誕生日もなにも言わないから、結局かなり過ぎてしまってから「そういえば」と気がついたくらいで……

あまり思い入れもなさそうなので、忘れている可能性は大。

(だからこそ、俺が覚えてなきゃいけなかったのに……)

またしても落ち込みそうになるのを、無理矢理奮《ふる》い立たせる。

もし仮に本人が忘れているなら、却《かえ》って好都合だ。

響が思い出す前に欲しいものを探り出し、こっそりゲットして、かなり前から用意していた体《てい》でプレゼントする。ミッションコードネームは『B.D.大作戦』。

「よし。十時五十五分、ミッション始動」

ひとりごちた俺は、鼻息も荒く、玄関から飛び出した。


ところで、恋人の響とは、隣人同士でもある。昨年のクリスマスイブに響が警察の寮から、渋《しぶ》谷《や》区神宮前《くじんぐうまえ》のマンションの隣室に越してきたときは、その強引さに辟易《へきえき》したもんだが……。

(やっぱり物理的距離が近いって便利だよな)

実感しつつ隣室のインターフォンを押したが、応答がないので、スペアキーで鍵を開けてなかに入った。室内はシンと静まり返っている。

「お邪魔~……って、まだ寝てんのか?」

そうアタリをつけた俺は、まっすぐ寝室に向かった。ドアを開けて室内に足を踏み入れる。寝室はブラインドが閉じたままで、ベッドの掛け布団が人の形に盛り上がっていた。ベッドの脇に立ってみると、枕に埋まった顔の半分が見える。目を閉じていても、彫りの深さは変わらず。

本日をもって二十八歳の誕生日を迎えた恋人は、めずらしく、ぐっすり熟睡していた。

「響」

呼んでも反応がない。

「響、起きろよ。もう十一時だよ」

そう、もう十一時だ。零時のリミットまで、残すところ十三時間。約半日……。

焦燥《しょうそう》に背中を押されて、跳ねた黒髪をツンツンと引っ張った。

太い眉がぴくっと蠢《うごめ》き、意外に長いまつげがぴくぴくと震える。だが、その後目蓋《まぶた》が開くことはなく、干渉を厭《いと》うようにごろりと寝返りを打った。大きな背中に〝起こすな〟と書いてあるようだ。

刑事の特性なのかもしれないけど、響はわりと小さな物音で目を覚ます。そして目覚めがよく、朝は必ず、寝汚い俺より先に起きている。

そんな響が、こうも起きないってことは、よほど疲れているのか。

今回の修羅場があまりにハードではっきりとした記憶がないのだが、十日間くらいずっと帰りが遅かったし、休みもなく連勤していた（俺も超絶忙しかったから、そこはタイミング的にちょうどよかったけど）。おそらく所轄《しょかつ》内で大きな事件が発生していたのに違いない。

その事件が解決した？　――で、やっと拘束を解かれて朝帰り？

もしも、くたくたに疲れて帰ってきて寝入ったばかりなら、起こすのはかわいそうだ。

とはいえ、このまま好きに寝かせておいたら、いつ起きるかわからない。一分一秒が惜しいいまの俺には、恋人が自発的に目覚めるのを待つ心の余裕はなかった。

(とにかく、まずはこいつの今日のスケジュールを押さえないと)

ベッドの脇に両膝を突き、俺は響の肩に手をかけた。

「パパァ……今日お仕事は?」

耳許に口を近づけて、自分としてはめいっぱいかわいらしい声色を作って尋《たず》ねる。

「…………誰がパパだ」

ようやく、寝起きっぽい掠れ声が返ってきた。リアクションがあったことにほっとして、「今日出署すんの?」と訊《き》く。

「非番だ」

やった。ラッキー!

「だが、このところのオーバーワークでパパはとっても疲れている……頼むからもう少し寝かせてくれ」

それだけ言うと、響は掛け布団を頭まで引っ被《かぶ》ってしまった。

(……気持ちはよーくわかる)

俺だって本音では、いますぐこいつの横に潜《もぐ》り込み、あったかい体にぴたっと張りついて一緒に眠ってしまいたい。

だけど、一年に一回しかない誕生日を惰眠《だみん》を貪《むさぼ》って過ごしたら、あとでぜったい後悔する。

（許せ！　すべてはおまえのためだ）

心を鬼にして、窓際までつかつかと歩み寄り、ブラインドの羽根をカチッと開いた。細長い隙間から日の光が差し込み、薄暗かった寝室が一気に明るくなる。

「うわー、すっげーいい天気。秋晴れってやつだな。絶好の外出日和《びより》じゃね？」

「………」

振り返ったら、響は冬眠中のカメのごとく、さらに布団の奥深くまで潜っていた。もう頭頂部すら見えない。

頑《かたく》なな男の側《そば》に舞い戻った俺は、最後の手段とばかりにベッドにダイブした。日曜日の朝の子供よろしく、盛り上がった山の上でバウンドする。

「なあなあなあ！　起きて出かけようぜ！」

これにはさすがのパパも参ったのか、突然山が大きく揺れて掛け布団ががばっと捲れた。Tシャツを着た上半身がむくりと起き上がる。

山から転がり落ち、床に尻餅《しりもち》をついた俺に向かって、ドーベルマン級の大型犬が吼《ほ》えた。

「なんなんだおまえは！」

「だって……せっかくのオフなのに」

誕生日の件は言えないので、主張としてはいまいち弱い。

案の定、不機嫌オーラを全身から立ち上らせた響は、寝乱れた髪を片手でわしゃわしゃ掻き上げながら、「帰ってきたの、朝の七時だぞ」と唸った。

「……堪弁《かんべん》してくれ」

ため息混じりのぼやきに胸がちくっと痛む。やっぱり朝帰りか……。

だが、ここで引いていてはミッションを遂行《すいこう》できない。それに、プラスの意味での手応えもあった。予測どおり、響は今日が自分の誕生日であることを失念しているっぽい。

（チャンスだ）

勇む心を押さえつけ、表面上はしおらしく目を伏せ、できるだけ切なげな声音を作った。

「ここんところ忙しかったから、二人一緒のオフなんてひさしぶりじゃん」

つぶやいてから、ちらっと上目遣いに窺《うかが》うと、恋人の浅黒い貌《かお》に困惑の表情が浮かんでいる。

（よっしゃ。もうひと押し！）

「だから少しでも……一分、一秒でも長く一緒にいたいって思って」

響の目がゆるゆると見開かれ、虚を衝かれたような声が零れ落ちた。

「……シンゴ」

「せっかくの休日をおまえとシェアした……っ」

最後まで言い切る前に、二の腕を摑まれる。

「えっ……」

そのままぐいっとベッドの上に引き上げられ、抗《あらが》う暇《いとま》もなく大きな体に抱き込まれた。

「なっ……なに？」

硬直した俺の耳に、低音が吹き込まれる。

「おまえの気持ちはよーくわかった。よしよし、いい子だ。パパと遊ぼうな？」

「遊ぼうって……ちょ、どこ触ってんだよ？」

いつの間にかケツを撫で回していた手を、ぴしゃりと叩いた。

「疲れてんじゃなかったのかよ」

目の前の顔を睨《にら》みつけたら、肉感的な唇を横に引き、しれっと返してくる。

「男は疲れナントカってな」

「は？　なに言って……あっ……」

ワンオクターブ高めの声が出たのは、スウェット素材のパーカの裾《すそ》から、熱っぽい手が忍び込んできたからだ。

ついさっきまで布団のなかでグズグズしていた男から豹変し、同一人物とは思えないやる気を漲らせて、積極果敢《かかん》にあちこちをまさぐってくる。くすぐったいの半分、熱っぽい手が気持ちいいの半分で、俺はくねくねと体を捩《よじ》った。

「やっ……だめ……だって」

拘束から逃れようと必死に抗ったが、響の力は強くて果たせない。

（こんなことしてる場合じゃないのに……）

内心の焦りとは裏腹に、手のひらで撫で上げられた脇腹が、ぴくっ、ぴくっとおののいた。首筋に触れた熱い唇が、強《こわ》ばりを解きほぐそうとするかのように、ちゅっ、ちゅっと短い音を立て

て移動していく。

「……っ」

辿り着いた耳朶《じだ》にゆるく歯を立てられた刹那《せつな》、甘い疼痛《とうつう》に呼応して、下腹部がじわっと熱を持った。

（ヤバい）

この先の展開は見えている。「先っぽだけ」だの「一ミリしか動かない」だの「秒で終わる」だの——政治家の口約束よりタチの悪い舌先三寸《したさきさんずん》に言いくるめられ、流れ、流された結果、いつの間にやら喘がされまくりの、お約束のパターン。

しかも結構ひさしぶりだから、一回で終わらない可能性も……。

そりゃ俺だって、もちろんしたくないわけじゃない。男だから溜まったものは出したいし、恋人と抱き合いたいという欲望はいつだって持っている。

けどいまはだめだ。今日だけは目先の欲求解消より、ミッション優先。

そう自分に言い聞かせ、なけなしの理性を掻き集めて叫んだ。

「ストップ！」

しかし敵は大型犬で、そのレベルで止められるような相手じゃなかった。

「待て待て待て！　ハウス！」

大型犬、またしてもスルー。

そうこうしているうちに、それまでは主に上半身をまさぐっていた手が、ボトムのなかまで忍び込んでくる。尻を揉《も》まれてびくっと肩が揺れた。

「ま……」

マズい。そこまで侵入を許したら、ぜったいなし崩しになる。

「……待てって！」

焦燥に駆られた俺が、拘束を解こうとしてもがいた——直後、パンッと小気味よい音が響いた。

「あっ」

どうやら弾みで俺の手が響の頬にヒットしてしまったらしい。

「………っ」

響の眉間にくっと縦皺《たてじわ》が寄った。

「なにしやがる」

ドスの利《き》いた低音で凄《すご》まれ、あわてて「ご、ごめんっ」と謝る。

てゆーか俺、誕生日の響に無体ばかり働いている気が……（汗）。

「……そんなにイヤなのか？」

かなりむっとした表情で響が確認してくる。なんだかいろいろ不憫《ふびん》で、胸がきゅーんとなったけど、ここはあえて空気を読まずに。

「そういうことじゃなくって……せっかくの天気なんだからさ。もったいないじゃん。その……エッチはいつでもできるし」

響の手の上に自分の手を重ね、黒い瞳を見つめて囁いた。

「この続きは夜しようよ？　そのほうがゆっくり……いろんなことができるし」

俺からこんなふうに誘うのがめずらしいせいか、響が瞠目《どうもく》する。

「ゆっくり……いろんなことが」

噛み締めるように反芻《はんすう》したあとで、「本当だな？」と念を押してきた。

「もちろん」

にっこりと微笑み、響の手をぎゅっと握る。

「だから起きて出かけようぜ！」


というような駆け引きの末に、響は渋々と起き上がって浴室に消えた。

響がシャワーを浴びているあいだに自室にとって返した俺は、パーカの上に薄手のブルゾンを羽織《はお》り、財布とスマホの入ったバックパックを肩に引っかけると、ふたたび隣室に引き返す。

響の準備が整うのを待って、Vネックニットに細身のボトムというコーデの恋人と、マンションを出た。

部屋のなかにいるとわからないんだけど、明治《めいじ》通りに一歩踏み出せば、否《いや》が応でもこのあたりが〝観光地〟なんだってことを実感せざるを得ない。

日本全国から——どころか、最近は世界中から人が集まってきている感じだ。むしろインバウンドのほうが多い印象。

「すっげー人出。天気いいし、日曜だもんな」

「休日のこのあたりは苦手だ」

隣を歩く響が憮然《ぶぜん》とした面持ちで言った。

まあ、その気持ちもわかる。ごみごみしてるし、ざっくり平均年齢も低めだし。竹下《たけした》通りなんて、ほぼほぼ十代しかいないんじゃないか？　〝かわいいは正義〟のあそこじゃ、俺なんか完全にオッサンだ。いわんや響をや。

かといって表参道《おもてさんどう》は、ハイブランドの路面店がずらりと立ち並び、歩いているのはブランド品目当ての外国人観光客か、リッチなマダムばかり。いずれにしても響とはテイストが異なる。

原宿《はらじゅく》はちょっと違うかな……と思い、渋谷を目指すことにした。

「で？　どこに向かってるんだ？」

俺より頭半分でかい男からの問いかけに、用意してあった答えを返す。

「メシ食おーよ。昼飯」

昨日の昼からなんにも食べていなくてハラペコ——というのもあったが、まずはランチをしながら、響の〝欲しいもの〟を探りたいという腹積もりもあった。

明治通りからファイヤー通りに移動して、神南《じんなん》一丁目にある、最近お気に入りのカフェに入る。ここはオーガニックの食材にこだわっており、かつ値段も手頃で美味《おい》しいのだ。

大きな窓からふんだんに自然光が差し込む店内は、要所要所にさりげなく草花やドライフラワーが飾られている。床は板張りで、壁は漆喰《しっくい》仕上げ。

インテリアも木を基調としたユーズドやアンティークがメイン。手作り風の木の棚に置かれた陶器の花瓶や籐《とう》の籠《かご》も、ナチュラルでいい感じだ。

フロアの壁際に位置する四人がけのテーブルに、響と向かい合わせに腰掛けてメニューを開く。

「そうだな……ランチセットと迷うところだけど、俺はやっぱりここの定番推しの『ベーコンエッグのガレット』にしようかな。――おまえは？」

問いかけながら顔を上げると、響はめちゃくちゃ真剣な顔つきでメニューに見入っていた。

「本日のランチは、『玄米タコライス』、『有機野菜のバーニャカウダ』、『ゆで豚の梅肉ソースがけ』、『グルテンフリーのベジバーガー』の四種類か。いいセレクトだな」

「だろ？　ヘルシーなだけじゃなくて、味もちゃんと美味しいし、ここはマジでオススメ」

「……悪くない。男が一人で入りづらいのが難点だが」

苦笑混じりのつぶやきに、改めてフロアを見回す。

なるほど、店内にいるのは、若いカップル、もしくは女子のグループばかりだ。男二人組の俺たちは微妙に浮いている。

ふと、女子グループが、ちらちらとこちらに視線を送っているのに気がついた。彼女たちの視線を辿れば、響にぶつかる。

彼女たちの熱っぽい眼差《まなざ》しにつられるように、俺も目の前の男を見た。

造りが大きくて立体的で、精悍《せいかん》なルックス。

黒の薄地のニットセーターに細身のボトムというコーデのせいか、いつものスーツ姿のときより若めに……二十八歳という年齢相応に見える。

仕事柄か、普段の響は目つきが鋭く、どことなく殺伐《さつばつ》としたオーラを纏《まと》っているけれど、今日は非番ということもあってリラックスした雰囲気だ。

それらの要因がミックスした結果、彼女たちの目にはワイルド系イケメンに映っているのかもしれない。たしかにタッパはあるし、ガタイもいいし、顔も男前だし……で。

(そりゃ、ほっとかないよな)

急にこの店にいる女子全員がライバルのような気がして、尻がムズムズして落ち着かなくなった。カップルもいるんだから、被害妄想だってわかってるけど。……いやいや、侮《あなど》れない。窓際のテーブル席のカップルの彼女、さっきからソワソワして挙動不審《きょどうふしん》だし。

「食わないのか?」

「え?」

不意に届いた問いかけの声に顔を上げる。正面の響が、俺の手つかずのガレットを顎《あご》で指した。当の響のプレートはものの見事に空。俺が妄想にふけっているあいだに、ランチを完食してしまったようだ。

「あ、食う、食う」

あわててナイフでガレットを切り、フォークで口のなかに押し込む。むぎゅむぎゅとそば粉でできたクレープを咀嚼《そしゃく》しながら、失念していた大事な案件を思い出した。そうだ、プレゼント！

「あのさ」

「ん？」

アフターの珈琲《コーヒー》を口許に運びつつ、響が片眉を上げた。

「おまえさ」

喉許まで来ていた質問を、口に出す寸前にごくりと呑み込んだ。

いま欲しいものないの？　――これはいくらなんでも直球すぎる気がする。

せっかく忘れているのに、そんな訊き方をしたら誕生日のことを思い出してしまいかねない。

（となると……どうにかうまいこと誘導尋問するしかないか……）

思案した挙《あ》げ句《く》に口をついたのは、なんとも間《ま》の抜けたクエスチョンだった。

「最近……どう？」

「どう、とは？」

怪訝《けげん》な表情で訊き返される。当然のリアクションだ。

「えっと……な、なにか新しい趣味ができたとか、ほら、ないの？」

「公休返上、よくて朝帰り、基本署泊まり……このところのブラックな勤務状況は、誰よりおまえが知ってるだろうが。新しい趣味に手を出す時間があると思うか？」

逆に昏《くら》い声音で問い返され、顔が引きつった。

「そ、そーだよな。ははは……」

誤魔化《ごまか》すために笑ったら、むっとされる。……はい、笑いごとじゃないですよね。その献身《けんしん》の上に、俺たち国民の安全が確保されているんだから、ここは感謝すべきところ。

（うーむ……どうやって聞き出そう）

そもそも現役の刑事相手に素人《しろうと》が探りを入れようってのが無茶なんか？

「ちょっとトイレ行ってくる」

行き詰まってきたのでブレイクを入れるために立ち上がり、フロアの端っこに位置する化粧室に入った。便座に腰掛けて思案する。

よく考えてみたら、これだけ長いつきあいでも、俺から響になにか贈り物をしたことは過去一度もないのだ。女子だったら友達同士でプレゼントを贈り合ったりするんだろうけど、男の場合はそういうのもないし。

それに、響はあまり物欲が強いほうじゃないらしく、なにかを欲しがっていたという記憶もない。例外は高校時代のバイクぐらいか。これは学校に内緒でバイトをして、中古のカワサキを買っていた。

再会してからは……本は好きでよく買っている。だけど最近は仕事が忙しくて、なかなか読書の時間を作れずに、積《つ》ん読《どく》になっているようだ。

音楽だとジャズで、コレクションは相当なものだ。俺みたいな門外漢《もんがいかん》が出る幕はない感じ。

デバイスやＰＣアクセサリ、ウェアラブル端末……ひととおり持っている。キッチングッズもコレクターの域だけど、だからこそ大概《たいがい》のものは揃っているし、バイク関連グッズも事足りているっぽい。

あと興味を示しそうなものといったら、食材とか？　さっきも、ここのメニューに興味津々だった。酒とかチーズとかぜったい喜ぶ。でも、食品は消え物だから、食べたり飲んだりしたら終わりで、記念品にはならないしな。つきあって初めての誕プレは、できれば手許に残るものにしたい。

そう考えると、ありきたりだけど、服とか靴とかアクセサリーなんかのファッションアイテムが本命？

（まあ、無難《ぶなん》なとこだよな）

とりあえずファッションアイテムにターゲットを絞り、ショップに連れていって反応を見るか。

算段をつけた俺が化粧室を出て、テーブルに戻ると、ちょうど響が立ち上がるところだった。しまった。長考しすぎたか。

「待たせてごめん」

謝ってからテーブルの上を見て、次に男の手許を見たが、伝票が見当たらない。

「もしかして……もう会計済ませた？」

「ああ」

あっさり肯定《こうてい》されて青ざめた。せめてここは奢《おご》りたかったのに、後れを取った！

「いくらだった？　俺が払うから。俺が誘ったんだし」

縋《すが》る心持ちで申し出てみたが、すげなくあしらわれてしまう。

「いいから素直に公務員様に奢られておけ」

「で、でもっ」

「俺たちは支払いで揉めるおばちゃんか。――いいから行くぞ」

鼻で笑って、さっさと店の外に出てしまった。その後ろ姿を、店内の女子の〝ああ、行ってしまう～〟という恨めしげな視線が追いかける。俺もバックパックを掴んでカフェを出た。

失態続きで軽く落ち込んだが、へこんでる時間がもったいないと気を取り直す。

勝負はここからだ。

「あ、あのさー、俺、服が見たいんだけど」

「服？」

「うん、ショップつきあってよ」

あからさまにめんどくさそうな男の腕を引っ張り、渋谷の中心地である公園《こうえん》通りへ向かった。

原宿と同じように人が溢《あふ》れていても、渋谷はより猥雑《わいざつ》で都会的だ。派手でごちゃごちゃしてうるさくて、歩いている人の足取りもなんとなく早足。都内屈指の繁華街を内包しているせいか、闇もまた深そうな街。苦手だって言う人も多いが、俺はその猥雑さが嫌いじゃない。

なにより――響のテリトリーでもある街だから。

（さてと、まずはデパートから攻めるか）

喧噪《けんそう》で賑《にぎ》わうデパートのエントランスをくぐり、六階のメンズフロアまでエレベーターで上がった。俺自身、服は古着屋かネットショップ、あとはアパレルに勤めている知人のツテで安く社販したり……が多いので、この手のデパートやファッションビルに足を踏み入れる機会はほとんどない。だけど時間の節約を考えれば、一度にたくさんのショップをさくっと見て回れるデパートはやっぱり便利だ。

「誰かの結婚式でもあるのか？」

どちらかというと渋めのスーツラインが並ぶショップの前で足を止めたら、響が尋ねてきた。声がやや意外そうなのは、普段の俺がスーツとは無縁の生活をしているからだろう。実際、自分の服を選ぶなら、まずスルーするタイプの店だ。

「すぐに必要ってわけじゃないけど……そろそろ冠婚葬祭用のスーツを持っておいたほうがいいかなあって」

適当な言い訳をして店内に足を踏み入れる。ずらりと吊るされているジャケットのなかから、目に留まった黒のシングルを手に取り、検分した。

オーソドックスで飽きが来ないデザインだし、素材も縫製《ほうせい》も悪くない。値段も……高いけど、なんとかギリ許容範囲内。

(今月は飛び込みのカタログで臨時収入があったしな)

ラックから抜き取り、鏡の前で体に当ててみた。

「よろしければ、ご試着できますけれど……」

全身黒ずくめの女性店員が、すかさず声をかけてくる。

「着てみていいですか」

「どうぞお試しください」

羽織ってみたら、予想どおりぶかぶかで、ジャケットのなかで体が泳ぐサイズ感だった。

似合っていないのは重々承知の上で、隣に立つ響に「どう？」と訊くと、つと眉根を寄せる。

「成人式か七五三ってとこだな」

容赦のない酷評《こくひょう》に、背後で女性店員が笑いを堪《こら》える気配。

「素材とかフォルムは悪くないんだけど、俺にはちょっとでかいなー。あ、でも、おまえならジャストサイズかも」

「お客様でしたら、おサイズもぴったりかと」

後ろから、うっとりしたような声が言った。

「いや、俺は……」

「いいじゃん。着てみてよ」

脱いだジャケットを響に押しつける。店員の手前もあってか、見るからに気乗りがしないといったオーラを振りまきつつも、渋々と袖に腕を通してくれたが。

「あら」

女性店員が困ったような声を出した。

「身幅がちょっと……きついですかね」

どうにか着られてはいるが、ぱつんぱつんで、少しでも動いたらビリッといきそうだ。これじゃあ刑事のハードワークの相棒にはなれない。

「これが一番大きいサイズですか？」

「はい、これ以上大きなサイズは当店ではお取り扱いがございません。申し訳ございません」

深々と頭を下げる店員に見送られ、俺たちはその店を辞した。

「既製《きせい》服は入らねえんだよ」

顎を扱《しご》きながら響がぼやく。

広い肩、逞《たくま》しい腕、厚みのある胸——俺からしたらうらやましいの一言に尽きるが、日本においては規格外の体格というのも、いいことばかりじゃないようだ。

「じゃあ、スーツはオーダー？」

「セミオーダーだ。最近は、そこそこの価格でオーダーできる店が増えて助かっている」

（そっか。セミオーダーか）

それじゃあ、今日中の仕上がりは無理だ。

ならばカジュアル系はどうだと、アウトドアショップを含めてありとあらゆる店を回ったが、いずれも反応はいまいち。ネクタイ、時計、財布、サングラス、靴などの小物にも興味を示さず。場所も、複合商業施設にとどまらず、路面店にまで足を伸ばして、俺が知っている渋谷中のショップを覗いたが、響のリアクションはふるわなかった。

そうこうしているうちに日が暮れて——気がつけば、時刻は六時五十分。

（もう七時か）

持ち時間の半分以上をロスした焦りに、足を棒にして歩き回った疲れも手伝って、気分がじわじわ落ちてくる。出てきたときは、あれだけ高かったテンションもダダ下がり。ショバ変えたほうがいいのかな。けど、今更新宿《しんじゅく》や銀座《ぎんざ》に移動したところで、一時間もしないうちにどこも閉まっちゃうだろうし……。

俺が無口になったせいか、響も言葉数が少ない。散々引っ張り回されて、むっとしているのかもしれない。もともと買い物とか好きなタイプじゃないもんな（※スーパー除く）。

（これからどうしようか）

やや途方に暮れて、渋谷の駅前のネオン群を見上げたときだった。隣の男がぼそっと低音を落とす。

「腹、減ったな」

刹那、ビビッとアンテナが反応した。

なにもモノをあげるだけがプレゼントじゃない。食事だっていいわけだ。消え物っちゃ消え物だけど、一緒に誕生日に食事をした思い出はずっと残る――。

（これだ!!）

俺はくるりと回転して、傍《かたわ》らの長身に向き直った。

「俺も腹が減った。なにか食おう。昼は奢ってもらったから、夜は俺がごちそうする」

響の返答を待たずに、立て続けにまくしたてる。

「なにがいい？　フレンチ？　寿司？　イタリアン？　中華？　懐石《かいせき》もいいし……あっ、肉！　A5ランクの熟成肉とか！」

なのにつれない男は、首を横に振った。

「昼が外メシだったからな。夜は家で食おう。俺が作る」

ガーン……。

頭上から金《かな》だらいが落ちてきたような衝撃にくらっと立ち眩《くら》みがしたが、なんとか踏みとどまる。俺は懸命に、説得の言葉を紡《つむ》いだ。

「そんなこと言わないでさ、うまいもん食いに行こうよ！　せっかく奢りたい気分なんだからさあ！」

「昼のカフェのメニューを見て、思いついたレシピがあるんだ。早速試したい」

「そ、それはまた今度じゃだめ？」

思わず二の腕を摑むと、訝《いぶか》しげに見下ろされる。

「どうした？　おまえ、今日はなんかおかしいぞ？」

「……………っ」

自分でも様子がおかしい自覚はあったけれど、事情を話すわけにはいかず、ぐっと言葉に詰まる。黙り込んだ俺から腕時計に視線を転じて、響が「マズい」とつぶやいた。

「時間だ」

「時間？」

「——急ぐぞ」

腕を引かれて「どこに行くんだよ？」と尋ねたが、前方をまっすぐ見据えた男からの返答はない。そのままぐいぐいと引っ立てられ、デパ地下の食料品売り場に引きずり込まれた。

「らっしゃい、らっしゃい！」

「さあ、安いよ、安いよ～」

「これ以上は下がらないよ！　いま買わなきゃ損！　損！」

おびただしい人でびっしり埋まった地下空間に、ねじりはちまきのオッサンのしゃがれ声が反響する。野菜売り場に鮮魚売り場、精肉、果物、乾物、ワイン、穀物、チーズ、デザート——ざっと見た感じ、なんでも揃っているようだ。

「へー……渋谷の地下にこんなところがあったなんて知らなかった。俺、あんまり食料品買わないからな」

デパ地下と言えば、お高めの食材が整然と並ぶこじゃれた空間というイメージがあったので、活気のある市場みたいな雰囲気に驚いた。

リッチなディナーというアイディアを却下されてがっかりしたが、こうなったらこのデパ地下で、普段はおいそれと口にできないような高級品をゲットするのもアリかもしれない。

蟹《かに》とかウニとか本マグロとか霜降《しもふり》のステーキ肉とか。

「——あっ、牛のステーキ肉が三割引だって！」

値引きシールが貼られたパックに伸ばした手を、響にぱしっと叩かれる。

「ってぇ……なにすんだよ」

「まだだ」

低音でたしなめられた。

「三割引で手を出すな。三十分も待てば半額になる」

「え？　そうなの？」

「それまでの時間は品定めに使う。いざとなったらすぐに動けるように、どこになにがあるかを頭に叩き込んでおけ」

つい先程までの、どこか投げやりな態度とは一変して、響が実に生き生きとした表情で指示を出してくる。まるで戦場における指揮官だ。っていうより、鬼軍曹《おにぐんそう》？

「ふーん。あ、これは？　すでに半額だけど」

俺が手に取った「豚肉の味噌漬け」のパックを一瞥《いちべつ》し、厳しい面持ちで首を振る。

「基本、加工されるのは鮮度の落ちた肉だ。それが半額ということは、限界のギリギリ一歩手前。今夜食うならいいが、明日までは保たないと見たほうがいいだろう」

そうなんだ。セール品ゲットにも奥義《おうぎ》があるんだな。

突然張り切りだした神蔵軍曹に「おまえは鮮魚担だ」と担当を割り振られた俺は、一人鮮魚売り場に移動して〝そのとき〟を待った。響に言われたとおりに品定めをしているうちに、どんどん人が増えてくる。異様な熱気を感じてあたりを見回すと、眼光鋭い古参兵《こさんへい》のようなおばちゃんが左右に。彼女たちから迸《ほとばし》る殺気に圧倒されつつ、ごくりと唾を飲み込んだ。

（いよいよ、か？）

「いまからタイムセールだよ！」

ゴム引きのエプロンを腰に巻いたお兄ちゃんが、声を張り上げた。手許の赤いシールを、慣れた手つきで値引き品に貼っていく。

(よし来た、半額！)

鼻息も荒く、目をつけていた「バフンウニ」のパックをゲットしようと手を伸ばしたが、掴む寸前に横合いからかっ攫《さら》われてしまった。

「あっ」

思わず非難《ひなん》の声を出したら、〝文句あんの？〟と言わんばかりに、右のおばちゃんにじろっと睨まれる。

(怖……)

びびっていると、後ろからどんっと体当たりされた。よろめく俺の左脇から手がにゅっと伸びてきて、鯛《たい》の刺身を鷲掴《わしづか》みにする。本マグロのサクもタラバガニの足もブラックタイガーもはまぐりも、四方八方から伸びてきた手に、あれよあれよという間《ま》に連れ去られていく。

「あ……あ……あ……」

手も足も出ない俺の前から、魚介のパックがきれいさっぱり消え失せるのに、一分もかからなかった。

(蟹とか狙っていたのに……あう)

一方、負け犬の俺とは対照的に、「精肉」および「青果」という名の戦場を駆け抜け、百戦錬《ひゃくせんれん》磨《ま》の主婦たちとの過酷なサバイバルバトルを勝ち抜いた軍曹は——カゴいっぱいの戦利品を勝ち取って、無事に帰還《きかん》した。

「鮮魚は逃したが、まずまずの成果だな」

上機嫌でレジに並ぶ男の後ろで、ぐったりと項垂《うなだ》れる。

「……完敗」

経験値の低い新兵がいきなり成果を出せるような、そんな甘い戦場ではなかったことを噛み締めながら、俺はデパ地下をあとにした。


神宮前のマンションに着くと、響は自分の部屋に直行した。

戦利品を手に、玄関からまっすぐキッチンへ向かう。デパートの紙袋のなかから生鮮食品を取り出すなり、一秒も放置することなく、これから使うものと保存するものを選り分け始めた。

その上で、近日中に使う肉類はチルドへ、野菜類は新聞に包んだり鮮度保持袋に入れたりして野菜室へ、冷凍するものは下処理ののち小分けにしてラップで包み、冷凍庫へ収納していく。

てきぱきと無駄のない動きを背後から眺めていた俺は、ため息を噛み殺した。

誕生日だから今日は俺が手料理を……なんてことも一瞬考えたけど、とてもじゃないが言い出せる空気じゃない。作りたいレシピがあるって言ってたし、それにどう考えたって響が作ったほうが美味しいし……。

（はあああ……）

だめだ。せっかくの誕生日なのに、俺が暗い顔して盛り下げてどーする。

とめどなく沈んでいきそうな自分を叱咤《しった》して、どうにかこうにか気を取り直した。

プレゼントに関しては一時保留。とにかく、いまできることをがんばる。

夕飯の準備を手伝おう。

（やるぞ、やるぞ、やるぞ）

その気負いがまずかったのかもしれない。

やる気が空回りしてしまい、ことごとく響の足を引っ張る結果となった。

【失敗その一】マッシュルームを野菜と一緒に洗ってしまった↓きのこ類は水で洗っちゃいけないんだそうだ。神蔵師匠いわく、汚れはふきんなどで丁寧に払い落とすのが正解だそうです。

【失敗その二】長ねぎのみじん切りをシンクにぶちまけた↓いつぞやのたまねぎの惨劇《さんげき》、ふたたび（俺の学習能力とは？）。

【失敗その三】大根の頭の部分を切り落としてしまった↓これをやっちゃうと日持ちがしなくなってしまうらしい。仕方ないので急きょメニューをブリ大根に変更して使い切ることに。

【失敗その四】テーブルセッティングの最中に手が滑って皿を一枚割った↓最近はめったに割らなかったのに……。

「もういいから、おまえは座って待っていろ」

ついには、見かねた響から「待機」のお達しが出る始末。

一人しょんぼりとダイニングテーブルで待つこと三十分。テーブルの上に次々と、今朝夢のなかで見たようなごちそうが並んでいく。

響が〝一人で〟作った料理の数々は美味しかった。すごく。

初チャレンジした新規メニューもうまかった。すっごく。

本当に全部美味しくて、ごはんをおかわりしてモリモリ食べたけど、楽しいはずの食事の最中も、腹のなかでは気が気じゃなかった。

今日という日は、こうしているあいだにも刻一刻と過ぎていく。

食事のあと片づけを終わらせ——さすがにこれは慣れているので失敗しなかったが——はっと我に返ってリビングの掛け時計を見たら、九時を回っていた。

(ぎゃーっ、あと三時間しかない!)

こんな時間じゃコンビニくらいしか開いてない。もはや物理的なプレゼントは無理だ。

〝モノ〟がだめなら〝コト〟?

(思いつかない。響より俺のほうが優れていることなんて……そもそもないじゃん)

焦るあまりにリビングをうろうろしていると、ソファに腰を下ろしてローテーブルのマルボロを引き寄せた響が、そのパッケージをくしゃっと丸めた。

「煙草《たばこ》が切れた。買ってくる」

「あ、うん。いってらー」

響が煙草を買いに出かけたあと、一人になったリビングで、行ったり来たり、立ったり座ったりと、忙《せわ》しなく動き回る。

「……はー」

足を止めたとたんに嘆息が零れ落ちた。

結局のところ、今日一日で、一回も響を喜ばせられなかった。

それどころか、逆にしてもらってばかりで……。

こんなにも、心では思っているのに。

響の役に立ちたい。支えたい。やさしくしたい。一緒に喜びを分かち合いたい。笑顔を見たい。

(そうだ。喜ぶ顔が見たい)

諦めるな。まだ時間はある。もう一度、よーく考えよう。

俺にできることで、響が喜ぶことってなんだろう?

「うー……ううう」

両手で頭をぐしゃぐしゃと掻き混ぜていた俺は、ふっと手を止めた。

突如として閃《ひらめ》いたのだ。それはまさしく天啓《てんけい》に打たれた感覚だった。

「そうだ!」

固めた拳《こぶし》で手のひらをぱんっと叩き、俺は叫んだ。

「〝アレ〟があるじゃん!!」

SIDE《HIBIKI》

……今日のシンゴはおかしい。

浴室にこもって三十分以上――めずらしく長湯の恋人をリビングのソファで待ちながら、神蔵はじわりと眉根を寄せる。

せっかくひさしぶりに二人揃ってのオフだというのに、一日中、心がどこかに行ってしまっている様子で落ち着きがなかった。

服が見たいと言い出したあいつが、普段はカジュアル一辺倒《いっぺんとう》のくせに、デパートの高級ブティックを梯子《はしご》しだしたあたりから、変調の兆《きざ》しはあった。その後も、立ち寄る店に一貫性がなく、店内で手に取るものもバラバラで、自分でもなにが欲しいのかわかっていないように見えた。

大体いちいち「おまえはどう思う?」と伺《うかが》いを立ててくるのがらしくない。

他人の意向を付度《そんたく》できるような性格なら、勝手に人の家の風呂にゴムのアヒルを浮かべたり、断りなくガチャで取ったカプセルトイをシェルフに並べたりしないだろうし、そもそもあれだけ多くのトラブルに巻き込まれることもなかったはずだ。

どうもおかしいと訝しんでいたら、今度は唐突に、夕飯を奢ると言い出した。長いつきあいではあるが、やつから奢られた記憶は片手で余るほどしかない。もともとが同級生だったこともあって割り勘《かん》が基本。当時の金銭感覚は再会以降も引き継がれており、生活費もきっちり折半《せっぱん》している。

フリーランスでいつだって金欠でピーピーしているやつと違って、こっちは曲がりなりにも地方公務員。余裕があるときは、たまに奢ってやったりもするが、それだってそんな大した額じゃない。シンゴが負担に感じない程度と決めている。大事なのはバランス感覚。どちらか片方に偏《かたよ》っている関係は、長続きしないと思うからだ。

それが、なにを血迷ったか、フレンチだのイタリアンだの懐石だのA5ランクの熟成肉だの……まったくもって意味不明だ。

外出から戻ったあとも、やたらと張り切ってキッチンに立ったまではいいが、目も当てられない粗相《そそう》を連発。家事に関して覚束《おぼつか》ないのはいまに始まったことじゃないが、それにしたって今日はひどかった——。

一週間のニューストピックスが流れるテレビ画面を、見るともなしにぼんやり眺めつつ、今日一日の出来事をつらつらと振り返っていると、内扉の向こうでガチャッと音がした。浴室のドアが開く音だ。

（やっと出てきたか）

続いてパタパタパタパタというルームシューズの音が聞こえ、内扉が開き、ようやくバスローブ姿のシンゴがリビングに現れた。

「……お先」

「ずいぶん時間がかかったな」

ソファから立ち上がった神蔵は、濡れ髪をタオルで拭いているシンゴに歩み寄る。

「のぼせてぶっ倒れてるのかと思って、様子を見に行くところだったぞ」

「あ……うん……ちょっと」

神蔵の視線を避けるように目を逸《そ》らし、シンゴがタオルの端で口を覆った。

「ちょっと？」

「いつもより……念入りに」

タオル越しのくぐもった声がいま一つ不明瞭で、「なんだって？」と聞き返す。

するとシンゴは、じわっと目許を赤らめ、濡れた頭をふるふると振った。

「……なんでもない！」

叫ぶなり、小走りに神蔵の脇を擦り抜けてソファへ向かう。座面に腰を下ろすやいなや、ローテーブルの上からリモコンを掴み取り、チャンネルのザッピングを始めた。一巡して、結局もとのニュースに戻す。顔はテレビ画面に向けているが、見るからに上の空で、内容が頭に入ってるとは思えなかった。

「…………」

明らかにおかしい。こいつはもう、刑事の勘《かん》で言えばクロ。闇夜のカラスばりに真っ黒だ。

（なにかを隠してやがる）

確信を抱いたが、いまここで取り調べを始めたら、風呂の湯が冷めてしまう。

「——風呂に入ってくる」

「あ、うん……」

シンゴが、心ここにあらずといった声音で応じた。

脱衣所で衣類を脱いで浴室に入り、湯船に浸かった神蔵は、胸のなかで（待ってろよ）とひとりごちる。

（刑事相手に内緒ごとしようなんざ百万年早いんだよ）

風呂から出たら、首根っ子を摑まえて、洗いざらい吐かせてやる。

そう意気込んで浴室から出た神蔵がリビングに行くと、そこにシンゴの姿はなかった。テレビも消してある。

「シンゴ？　……どこだ？」

カラカラカラと掃き出し窓を開けたが、ベランダにもいなかった。トイレかもしれないと思い、ドアの前まで行ってみたが、電気は点《つ》いていない。

「おい、シンゴ！」

声を張り上げて呼んでみても応答なし。

シンと静まり返った内廊下に佇《たたず》み、忽然《こつぜん》と消えた男の行き先を模索《もさく》した。

（自分の部屋に戻ったのか？）

これまでなにも言わずに自室に戻ったことはなかったが、今日一日ずっと様子がおかしかったことを思えば、可能性はゼロとは言えない。……急に具合が悪くなったとか？

ふっと頭をもたげてきた懸念《けねん》に、胸がざわつく。

(見に行くか)

それには着替えが必要だ。いくら歩いて数秒の隣室とはいえ、腰にバスタオル一枚巻いただけでは心許ない。同じフロアの住人に見られたら、通報される。

クローゼットから着替えを取り出すために、寝室のドアを開けた神蔵は、びくっと肩を揺らした。

いままさに隣室まで捜しに行こうとしていた当人が、そこにいたからだ。光量を絞った淡いオレンジの間接照明のなか、ベッドの上に正座して、頭からブランケットに包まれて。

「シンゴ……おまえ」

ここにいるなら、なんでさっき呼んだときに応《こた》えなかったんだ。

なんで一人で寝室になんか隠れているんだ。

というか、その格好はなんだ？

頭のなかに渦巻《うずま》く疑問を、ひとまず一言に集約して尋ねる。

「なにやってんだ？」

「………」

しかし、返事はなかった。頭からすっぽりブランケットを被っているせいで、顔が陰になっていて表情も見えない。

やはりどこか具合が悪いのか。熱があるとか？　だからブランケットにくるまっているのか。

不安を募らせながら、ゆっくりとベッドに近づく。すぐ側まで行って足を止め、ブランケットを見下ろしつつ、もう一度訊いた。

「どうした？　気分でも悪いのか？」

その問いかけに応えるように、シンゴが全身を覆うブランケットのなかから、すぽっと顔を出した。それでもまだ、首から下は包まれたままだ。

薄明かりに浮かび上がった白い貌が神蔵を見上げる。目と目が合った瞬間、掠れた声が放たれた。

「た……誕生日おめでとう」

予想外の言葉に虚を衝かれ、ゆるゆると瞠目する。

——誕生日？

言われて初めて、今日が十月二十八日であること、自分の二十八回目の誕生日であることを思い出した。我ながら見事なほど、きれいさっぱり忘れていた。もともとさほど思い入れもないが、ここ数年はとりわけ精神的にも肉体的にも余裕がなく、過ぎてから気がつくことが多かった。

シンゴの誕生日はバレンタインということもあって、毎年いやでも世間が思い出させてくれるのだが（離れていた八年間も、毎年その日は一日、気分が落ち着かなかったものだ）。

（……そうか……）

そういうことだったのか。

渋谷中のショップを連れ回してはいちいち「お前はどう思う?」と伺いを立ててきたのも、唐突に高そうなメシを奢ると言い出したのも、キッチンで気負ってミスを連発したのも――なにもかも全部、今日という日を特別なものにしようという気持ちが暴走した結果。

散漫だったり、そわそわと落ち着かなかったりしたのも、コトが思惑どおりに運ばない焦りから。

やっと理由がわかり、今日一日のシンゴの言動がすっきり腑《ふ》に落ちた。

空回り感は否めないが、本人にすれば必死だったのだろう――一挙手一投足《いっきょしゅいっとうそく》を思い出せば、胸の奥がじんわり熱を持つ。

「でも、その……実は」

絡み合っていた視線を解き、シンゴが俯《うつむ》いた。唇を何度も舌で濡らして、ひどく言いづらそうに切り出す。

「プレゼントがないんだ。白状しちゃうと、今日がおまえの誕生日だって今朝まで忘れてた」

そのうっかり加減がなんとも恋人らしくて、口許がつい緩んだ。自分だってすっかり忘却の彼方だったのだから、責める筋合いなどない。

だがどうやらシンゴは、罪悪感を抱いているようだ。辛《つら》そうな顔で「ごめん」と謝ってくる。

「……忘れないようにって思ってスマホのカレンダーに書き込んでおいたのに、仕事に追いまくられてバタバタしているうちに記憶がどっかいっちゃって、当日まで思い出さないままで……プレゼントも用意できなくて本当にごめん」

申し訳なさそうな表情で謝罪を重ねる恋人を、神蔵は黙って見つめた。忘れていた自分を責め続けるシンゴに、胸がひりひりと痛む。

（そんなことはどうだっていい）

プレゼントなんていらない。

おまえがいれば、ほかになにもいらない。

おまえと一緒に今日という日を過ごせただけで充分に幸せだと言おうとして、喉許まできていた言葉を呑み込む。

シンゴが、体を覆っていたブランケットをばさりと落としたからだ。

「………っ」

視線の先の恋人は、一糸纏わぬ姿だった。いや、一糸纏わぬというのは語弊《ごへい》がある。正確には華奢《きゃしゃ》な首に赤いリボンが結ばれていた。

「なんとか今日中にプレゼントを渡したいと思っていろいろ考えたんだけど、どれもいまいちで、結局コレくらいしか思いつかなくて」

眉間に小さく皺を寄せ、神妙な面持ちで言い募る。

全裸の首にリボンを結ぶのが――〝コレ〟？

シンゴの意図は摑めなかったが、視線はおのずと目の前の白い体に吸い寄せられた。

染み一つない乳白色の肌。細い肩。ほっそりと長い腕。色づいた二つの飾りがなまめかしい胸。両手で摑めそうな腰。丸みを帯びた尻。

食い入るように見つめてしまう、神蔵の熱い視線を感じてか、シンゴがふるりと震えた。

「だから……今日は……その……えっと……その」

何度か言い淀んだ末に、躊躇《ためら》いを振り払うように、羞恥に染まった顔を振り上げる。

「おまえの……好きにしていいから」

かすかに震える唇が、みずからを〝貢ぎ物〟とすることを宣言した——刹那、神蔵の頭のなかでファンファーレが高らかに鳴り響き、ぱかーんと薬玉《くすだま》が割れた。

落ちてきた垂れ幕には【歓迎！　めくるめくオトナの世界へ】の文字が躍っている。

一日迷走しまくったシンゴが、最後の最後で辿り着いたプレゼント。

そんじょそこいらのブランド品や高級ディナーなんか目じゃないインパクト。

これほど男心を鷲掴みにし、滾《たぎ》らせる誕プレが、いまだかつてあっただろうか。

（いや、ない）

断言して、神蔵は熱い目頭を指で押さえた。

苦節十六年。出会ってから今日までの、幼なじみであり恋人でもある男から受けた理不尽な仕打ちの数々が、走馬灯《そうまとう》のように頭のなかを駆け巡る。

耐えてきて……よかった。

生まれてきてよかった。

誕生日、万歳！

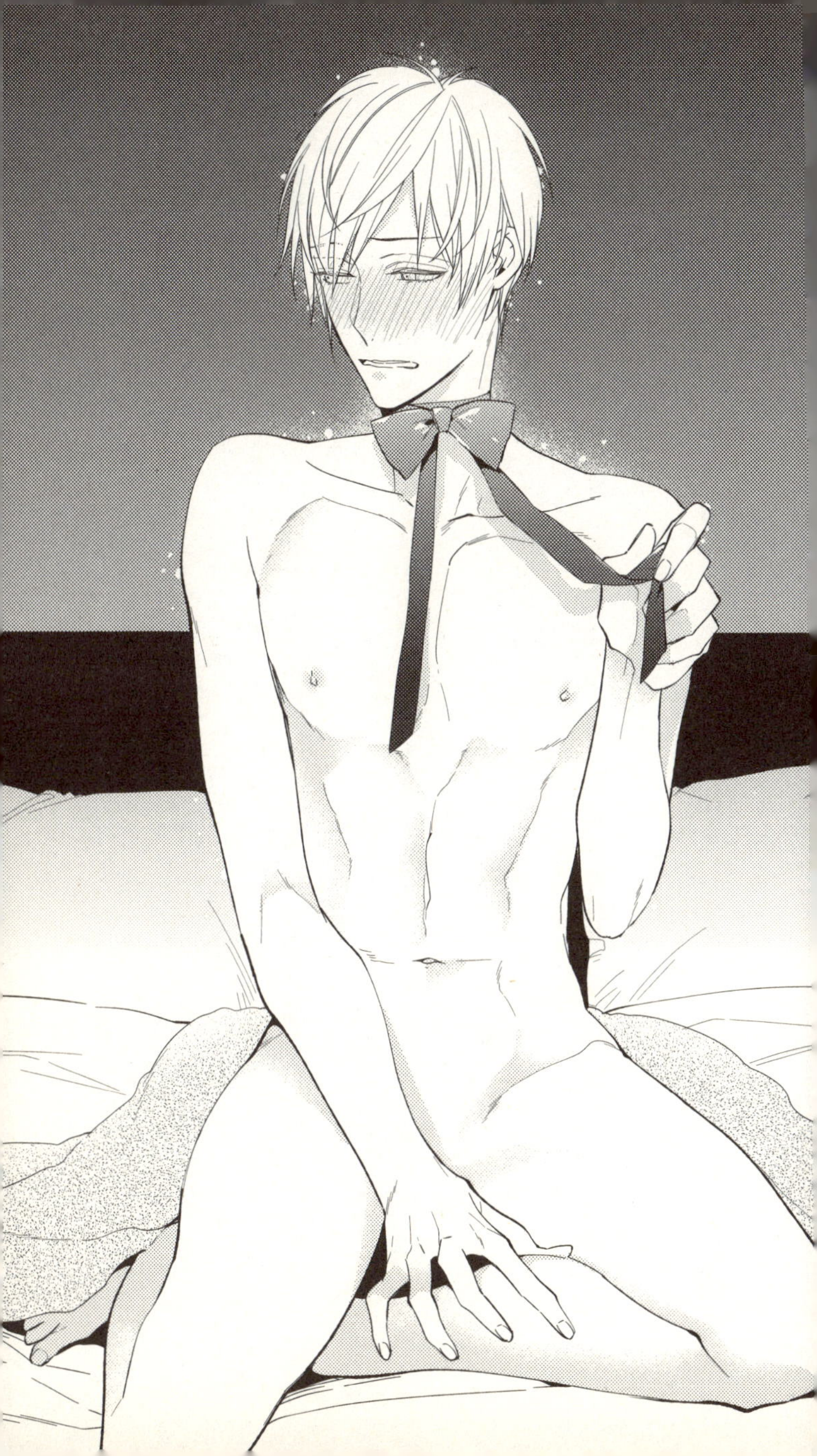

自分の体を誕生日プレゼントとして差し出す――。

そう覚悟を決めたものの、いざとなれば、やはり気後れが先に立つようだ。

ベッドに乗り上げた神蔵がその細い肩に手をかけると、シンゴの全身はびくっとおののいた。手のひらが触れた肩先から、小刻みな震えが伝わってくる。俯き加減の顔も、口許が強ばっていた。かなり緊張している。

臆病な小動物を怯《おび》えさせないように、神蔵はできるだけそうっと、恋人を胸のなかに抱き込んだ。とたん、濡れ髪からシャンプーの香りが立ち上ってきて、鼻腔をくすぐる。その甘さにくらっとした。

いきなり頭からがぶっといきたい衝動を、ぐっと堪える。まだだ。まだ早い。

逸《はや》るおのれを抑えつけ、しっとり湿っている髪を撫でた。慈《いつく》しむような手つきで、ソフトに、やさしく。

やがて、腕のなかのシンゴが少しずつ脱力していくのがわかった。強ばりを解いた体を、仰向《あおむ》けに横たえる。肩の側に手を突き、上から覆い被さるようにして顔を覗き込んだ。

「シンゴ」

名前を呼ぶと、長いまつげがふわふわと上下した。徐々に目蓋が上がり、不思議な色の瞳が神蔵を見上げる。

「ひび……」

すべてを言い終わる前に、唇に唇を押しつけた。やわらかい膨《ふく》らみをちゅくっと吸い上げ、同時に舌先で隙間をつつく。緊張をほぐすようなキスを繰り返すうちに、シンゴの唇がしどけなく開き、神蔵の侵入を受け入れた。

「……………ん」

ぴったりと体を密着させた状態で、舌と舌を絡ませ合う。しばらく夢中で、お互いの熱い粘膜を貪り合い、唾液を交換し合った。

交わりを深くしすぎたせいで、さすがに息が苦しくなって口接を解く。するとシンゴが、名残《なごり》惜しげに、神蔵の首筋に額をすりっと擦りつけてきた。甘えるような仕種《しぐさ》と同様に、密着した体も、やわらかく弛緩《しかん》している。自分を受け入れる準備が整ったのを感じ取り、神蔵は胸のなかで安堵《あんど》の息を吐いた。

どれだけ、この瞬間が待ち遠しかったことか。

朝から――いや、事件に忙殺《ぼうさつ》されていた十日間ずっと、恋人を抱き締められる時間の訪れを待っていた。待ち焦がれていたそのときが、ようやく来たのだ。

シンゴの背中に腕を回してぎゅっと抱き締める。恋人もまた、神蔵の背中に腕を回してくる。体温と鼓動が溶け合うまで、しばらくのあいだ無言で抱き合っていると、不意にシンゴが「……響」と名前を呼んだ。

「ん？」

拘束を緩めて体を離し、少し上から見下ろす神蔵に、生真面目な表情が訊く。

「どうする？」

「どうする……とは？」

質問の意味がわからずに訊き返した。

「えっと……だから……その」

狼狽《うろた》え気味に両目をぱちぱち瞬かせてから、シンゴが言い方を変えて、もう一度問いを投げてくる。

「俺、どうしたらいいかな？」

真剣な面持ちを見下ろしていた神蔵は、ほどなく、シンゴの質問の趣旨《しゅし》に思い当たった。

どうやらシンゴは、今夜は誕生日だから、セックスにおいて特別なことをしなければならないと思っているらしい。それくらいのプラスα《アルファ》がなければ、誕プレに値《あたい》しないと考えているようだ。

正直、「おまえの……好きにしていいから」発言でお釣りが来るほどなのだが、せっかくやる気を出している恋人の申し出を、退ける必要もないだろう。

「……そうだな。まずは〝その気〟にさせてくれ」

神蔵は真顔で告げた。

「その気？」

「勃《た》たせてくれ」

ストレートな要求に、視線の先の顔がぼわっと赤くなる。羞恥に染まった、そそる表情を見つめて、「できるか？」と尋ねた。

「や……やってみる」

上擦《うわず》った声で請け負ったシンゴが、「ちょっと退いて」と自分の上から神蔵を退かせ、幾分ぎくしゃくとした動きで起き上がる。ベッドの上で、神蔵は胡座《あぐら》、シンゴは正座で向かい合った。

少しのあいだ、膝に手を置いて真剣な顔で考え込んでいたシンゴが、「うん」とうなずいて顔を上げる。

「上に乗ってもいい？」

「もちろん」

鷹揚《おうよう》に応じた神蔵の胡座の上に、シンゴが対面で乗り上げてくる。そうしてから、ぎこちなく肩に手を置き、ゆっくりと顔を首筋に寄せてきた。あたたかい吐息と湿った唇が触れて、うなじがぞくっと粟立《あわだ》つ。ただ唇を押しつけるだけのキスを数回繰り返したあとで、濡れた感触が肌に触れた。舌だ。その舌が、首筋をぺろっと舐める。最初はおずおずと、遠慮がちだった舌の動きが、少しずつ大胆になっていき——やがてぴちゃぴちゃと濡れた音が鼓膜に反響し始めた。

舌を使った愛撫は猫の毛繕《けづくろ》いにも似て、気持ちいいというよりは、くすぐったかった。首に結んだリボンがちょいちょい当たるのもこそばゆくて、背中がうずうずする。快感とはやや趣《おもむき》が異なるが、恋人が一生懸命なのはひしひしと伝わってきた。

神蔵としては、精神的な充足を得られて満足だったが、シンゴとしてはもっとわかりやすいリアクションが欲しかったようだ。

舐めるだけにとどまらず、唇で吸ったり、歯を立ててみたりと、懸命な試行錯誤が続く。そのひたむきなチャレンジが実を結び、耳のなかを舐められた刹那、ぴりっと背筋に電流が走った。思わず身じろいだ神蔵に、シンゴが訊いてくる。

「耳、感じるの？」

「……ああ」

正直に認めると、目の前の顔がぱあっと輝いた。ついに金脈を掘り当てたとでも言いたげな、晴れがましい表情。猫のような双眸《そうぼう》がキラキラ光る。あまりにうれしそうなので、健気《けなげ》な奉仕に報《むく》いたくなり、「なかなか筋がいい」とつけ加えた。

「マジで？」

「マジだ。それに、どんどんうまくなっている」

あからさまなヨイショに気を悪くするかと思ったが、シンゴは「へへ」と得意げに鼻を擦る。

「まー、見てろって。もっとうまくなるし、気持ちよくしてやるから！」

テンション高くそう宣言して、ふたたび首筋に顔を寄せてきた。——またそこか？

（そこはもういいから、そろそろ別の場所も……）

神蔵の希望に反して、シンゴは反応のあった耳に執着して離れない。ちと褒めすぎたかと臍《ほぞ》を噬《か》んでも後の祭り。

小さな舌で耳をぺろぺろ舐める恋人は子猫めいていてかわいいが、いかんせん、同じ手法は飽きが来る。初動のインパクトはどんどん薄れていき、快感からも遠ざかっていく。

加えて、自分は基本的に「される」より「する」ほうに燃えるタチだ。

〝受け身な自分〟を持て余した神蔵は、気がつくと、シンゴの体に手を伸ばしていた。無意識に胸をまさぐり、乳首を探り当てる。指に馴染《なじ》んだ小さな突起を、ほとんど習性のように摘《つま》んだ瞬間、密着した体がぴくんと跳ねる。

ばっと身を剝《は》がしたシンゴが「やめろよ！」と抗議の声をあげた。

「集中できないだろ！」

オイタを叱られた子供の気分で、片眉を上げる。

「すまん」

一応、口先で謝りはしたが、そうは言ってもシンゴが動くたびに、乳首の先端が当たるのだ。

全裸の恋人の乳首でツンツンされるというシチュエーションにおいて、手出しを禁じられるのは、ある意味拷問《ごうもん》に近い。

「やめろ」と言われれば言われるほど無体を働きたくなるのは、男の性《さが》というもので――。

我慢の限界を迎えた神蔵は、シンゴの二の腕を摑んで引き寄せるなり、もう片方の手で白い胸に触れた。

「なっ……なにす……っ」

逃れようとするのを許さず、指の腹で乳首をくにゅりと押しつぶす。するとおもしろいようにぷっくりと勃ち上がってきた。尖った乳頭を、さらにソフトタッチで愛撫する。シンゴがびくびくと身を震わせた。

「んっ……だ、め……だめだっ――て……ぁ、あっ」

口ではだめと言いながら、その声は蕩《とろ》けるように甘い。喘ぎ声に煽《あお》られた神蔵自身も、じわじわと熱くなってきた。勃起によってバスタオルが押し上げられ、股間の著《いちじる》しい変化が可視化《かしか》される。

「あっ」

咎《とが》めるような声を発し、シンゴが神蔵の股間を見下ろした。

渾身《こんしん》の愛撫より、自身の〝喘ぎ一発〟のほうが効果があったことに、いたくプライドを傷つけられたようだ。むっつりと唇を引き結び、くっと眉根を寄せたシンゴが、神蔵のバスタオルに手をかけて剝ぎ取る。

「――おい」

股間を剝《む》き出しにされた神蔵が、その意図を問い質《ただ》そうとしたときだった。シンゴが膝から降りた――かと思うと、神蔵の股間に顔を埋める。七分勃ちだった性器を口に含まれ、息を呑んだ。

「……………っ」

（そうきたか）

首筋の愛撫から、中間をすっ飛ばしていきなりのフェラチオ。振り幅が極端に大きいのも、実にシンゴらしい。

一心不乱に上下する頭頂部を見下ろす。舌で裏筋を舐め上げられたり、先端をきゅうっと吸われたり、皮を甘嚙みされたりするたび、下腹部に重苦しい疼きが走った。

シンゴがフェラチオに挑むのは二度目だ。とはいえ、舌遣いは相変わらずたどたどしい。しかしだからといって感じないわけでもないのが、性戯の奥深さというものだ。むしろ、拙《つたな》いからこそ煽られるということもある。

「んぐ……ん、ん」

苦しそうな表情にそそられる自分は、案外S気質なのか。

さほど時を要さず、シンゴの口のなかに収まっている局部に血液が集中するのを感じた。膨張した亀頭をぺろぺろと舐められて、ブランクのせいか、あやうくイキかける。

「……っ」

思わず肩を摑んだ。

「もう……いい」

低く囁き、摑んだ肩を押す。シンゴの口腔《こうこう》内から、硬度を増した欲望がずるっと抜け出た。

「あ……っ」

せっかく育てていたものを取り上げられ、不満げな声を漏らす男を、ふたたび膝の上に引き上げる。頤《おとがい》に手をかけ、顔を仰向かせた。

どことなく焦点《しょうてん》が合っていない双眸と唾液で濡れた唇。小さな唇をいっぱいいっぱいまで開いて、自分のものを咥《くわ》えていたのだと思うと、ひどく猥《みだ》りがましく感じる。下腹部に溜まった熱の塊《かたまり》から獰猛《どうもう》な衝動が込み上げてきて、誘うように薄く開いた唇にむしゃぶりついた。

「ふ、ンんっ」

唇を塞ぎつつ、シンゴの股間に手を伸ばす。そこはすでに形を変えていた。七分勃ちのペニスを手のひらで握り込んで唇に囁く。

「フェラチオで興奮したのか？」

「し、てないっ」

「じゃあ、これはなんだ？」

屹立を握る手をゆっくり上下した。

「あっ」

ワンオクターブ高い悲鳴をあげて、シンゴがぶるっと震える。神蔵の手のなかの恋人の欲望は、数度扱いただけで、あっさり完勃ちした。それでも手の動きを止めずにいると、先端から先走りが溢れ、くちゅっ、にちゅっと濡れた音が響き始める。

「んっ……ふっ、んっ」

ペニスを扱くのとは別の手を、シンゴの背中に回した。尻のスリットに指を潜り込ませ、窄《すぼ》まりを探り当てる。しばらく周辺をマッサージしてから、つぷりと指を差し入れた。

「ひあっ」

のけ反った喉から悲鳴が漏れる。色の白さが際立つ喉に噛みつき、歯でリボンを引っ張って結び目を解いた。赤いリボンがはらりと落ちる。これで本当に一糸纏わぬ、生まれたままの姿となった恋人の、〝なか〟を掻き混ぜた。はじめは締めつけがかなりきつく、指を動かすのも一苦労だったが、だんだんと緩んでくる。欲望の先端から滴《したた》る愛液も量が増し、後ろまで伝ってきた。

「ひ……びきっ……も……もう」

神蔵の胸にしがみつき、限界を訴えてくる恋人に問う。

「自分で入れられるか？」

「…………」

シンゴが神蔵の顔をぼんやりと見上げてきた。ピンと来ていない恋人の手を取り、痛いほど張りつめた自身の欲望に導き、屹立を握らせる。

「これを――自分でおまえのなかに入れられるか？」

焼けた鉄杭に触れたみたいに、ぱっと手を離してから、シンゴはみずからが立派に成長させてしまったものをまじまじと見下ろした。一瞬後、激しく首を左右に振る。

「む、無理、できな……っ」

叫びかけて、不意に黙り込んだ。整った顔にじわじわと狼狽《ろうばい》が浮かぶ。

どうやら、大切なことを思い出したようだ。

今日が恋人の誕生日であること。その上、つい先程「気持ちよくしてやるから！」と大見得《おおみえ》を切ったこと。

シンゴの視線が、もう一度神蔵の欲望を捉《とら》えた。三十秒ほど、畏怖《いふ》の眼差しでじっと見つめたのちに、ごくっと喉を鳴らす。

「で、でも、だって……」

ややあって、喘ぐように言った。

「すごく……おっきいよ」

本人は無意識なのだろうが、そんなことを言われたら、ますますデカくなるだけだ。

「デカいの好きだろ？」

「……好きじゃない」

シンゴがふいっと顔を背けてつぶやいた。横を向いた恋人の耳に、わざと唇を寄せて囁く。

「いつも、おっきい、おっきいって悦《よろこ》ぶくせに」

「おっきいなんて言ってない！」

「ついさっき言ったじゃねえか。『すごく……おっきいよ』って」

自分の発言を思い出したらしいシンゴが、顔を真っ赤にして睨みつけてきた。ものすごく悔しそうだ。

（おまえは負けず嫌いの小学生か）

アラサーとは思えないリアクションに笑いが漏れそうになるのを堪えつつ、ヘッドボードに片手を伸ばし、ネットで購入しておいた潤滑ゼリーのチューブを摑んだ。まだこちらを睨んでいるシンゴに「これを使え」と差し出す。

「なにこれ？」

「潤滑ゼリー。滑りがよくなるローションだ。一応、無添加のゼリーにした」

「……こんなものいつの間に……」

「男のたしなみだ」

「たしなみって柄《がら》かよ」

すかさず突っ込んだあとで、おずおずとチューブを手に取り、確認してきた。

「これを……あそこに塗るってこと？」

「ブランクのせいで、キツくなっているかもしれないからな。痛いのはいやだろう？」

「そりゃいやだけど……俺が自分で塗るの？」

「俺が塗ってもいいが？」

「…………」

どうやら心のなかで、自分で塗るのと人に塗られるののどっちがより恥ずかしいか、天秤《てんびん》にかけているらしい。眉間に皺を寄せてしばらく考え込んでいたシンゴは、結局自分でチューブの蓋《ふた》を開けた。押し出した透明のゼリーを中指の腹に取り、そろそろと腰を浮かせる。ゼリーのついた指を後ろに回し、おっかなびっくりといった手つきで塗りつけたとたん、眉をひそめた。

「ぬるっとしてて気持ち悪い……」

「それが滑りのもとだ。ちゃんと奥のほうまで塗り込むんだぞ」

神蔵の指導に、「奥まで？」と不安そうな声を出す。

これまでに、神蔵の指を受け入れたことはあっても、自分で指を突っ込んだ経験はないから、不安を覚えるのも当然だろう。

「しっかり塗り込まないと、辛いのはおまえだからな」

もっともらしい神蔵の弁に素直に従い、羞恥と屈辱が入り交じったエロい顔つきで、指をゆっくりと根元まで沈めていく。

「奥まで入ったか？　よし、じゃあ指を回転させて全体的に塗りつけろ」

「う……ううっ」

半泣きでゼリーと格闘している当人は、そんな自分の姿が恋人の目を楽しませているとは、露《つゆ》ほども思っていないに違いない。

できればいつまでも眺めていたかったが、それはそれで本番が始められない。痛し痒しだ。

「そろそろいいだろう」

何度か注《つ》ぎ足したゼリーが満遍《まんべん》なく塗布《とふ》されたのを見計らい、終了の合図を出した。ほっと息を吐いたシンゴが指を抜き、ティッシュでゼリーを拭う。その後、緊張の面持ちで神蔵の肩に両手を置いた。

「い……いくよ？」

果敢にも、自分で入れるつもりらしい。シンゴがその気なら、神蔵としても異存はなかった。

片手を屹立に添えて固定した状態で、先端をゼリーで濡れた窄まりにあてがう。

「んっ……んっ」

ちょっとずつ身を沈めながら、シンゴが苦しい息を漏らした。しっとりと吸いつくような粘膜に包み込まれる。潤滑剤の滑りに助けられてもなおキツかった。ひさしぶりで、やはりだいぶ狭くなっているようだ。

「大丈夫か？」

「ん……もう、無理……かもっ」

半分ほど入ったところでシンゴがギブしたので、細い腰に手を添えて一気にぐいっと引き下ろした。ぱんっと太股と尻がぶつかる音が響く。

「……はあ……はあ」

途中まで孤軍奮闘《こぐんふんとう》したシンゴが、胸を大きく喘がせた。

恋人の髪を撫で、眦《まなじり》の涙を唇で吸い取って、「よくがんばったな」と労《ねぎら》う。

実際、ヘタレなシンゴが、今夜は本当にがんばった。

「誕生日の自分を喜ばせたい」というモチベーションが、その原動力になったのかもしれないと思えば、胸が熱くなる。

(かわいすぎだろ、くそ)

たまらず暴走しそうになったが、自分がイニシアティブを握ってしまってはいつもと同じだ。

ここは一つ、相方のモチベを尊重すべきであろう。

いますぐにでも暴れ回りたいおのれをぐっと抑えつけて、シンゴに訊いた。

「自分で動けるか？」

「……やってみる」

引き続きやる気を見せた恋人が、おっかなびっくり動き始める。じわじわ腰を上げて、抜けそうなところで止め、今度は下がる——という上下運動を何度か繰り返していたが、不意にへたっと座り込んで「やっぱ無理……」と白旗《しろはた》を掲げた。

「なんか筋トレしているみたいで、ぜんぜん気持ちよくない」

「簡単に弱音を吐くな」

思わず体育会系気質が頭をもたげ、叱咤する。さっきの感動を返せと言いたかったが、敵はすっかり戦意を喪失していた。

「……おまえが動いて」

ねだられて、ため息を吐く。どうやら〝めくるめくオトナの世界〟は時期尚早《じきしょうそう》なようだ。仕事では被疑者のどんな泣き落としにも眉一つ動かさない神蔵も、泣く子とシンゴには敵《かな》わない。

（これが惚れた弱みってやつか）

正直なことを言えば、そろそろ神蔵自身も我慢の限界にあった。シンゴの上下運動は（狙っているのかと勘ぐるほど）絶妙に快感ポイントを外しており、そのもどかしさゆえに、狭くて熱い〝なか〟を、思う存分に突き上げたいという欲望がギリギリまで高まっていたのだ。

「しょうがねえな」

その一言で、あからさまにほっとしたシンゴの腰を両手で摑み、ゆるゆると揺すり上げる。

「……あっ」

手綱《たづな》を渡した安堵と解放感からか、数度擦り上げただけで、シンゴの粘膜は甘く蕩けた。下から突き上げると、半開きの唇から嬌声《きょうせい》を漏らす。

「ふ……あ、んっ」

萎《しぼ》んでいたペニスも力を取り戻し、ふたたび勃ち上がってきた。濡れそぼったそれにはわざと触れずに、胸の突起を指先で摘む。痛すぎないよう力を加減して、きゅきゅっと捻《ひね》った。

「……いっ」

「痛いか？」

「ちが……イイ」

ふるふると頭を振ったシンゴが、腰を擦りつけてくる。イニシアティブを譲《ゆず》ったことで、俄然《がぜん》感度が上がったようだ。乳首を弄《いじ》るとその都度《つど》、なかもぴくぴくと蠢く。

「もっと……」

「……奥まで欲しいか？」

小刻みな抽送《ちゅうそう》を送り込みながら尋ねた。

「んっ……欲しっ……もっとっ……」

神蔵の上で小さくバウンドしつつ、シンゴが答える。

「ちょうだ……いっぱ……い……ン、ん」

譫言《うわごと》のようにねだる唇を唇で塞ぎ、白い裸体をゆっくりと押し倒した。繋がったまま膝の裏側を掴み、すんなりと長い脚を大きく割り開く。

体重をかけるようにして、ひときわ深く突き入れた。

シンゴがのけ反り、唇が離れる。

「アッ、ひっ……あぁ」

ぐっ、ぐっと腰を入れるたび、なかのゼリーがくぷくぷと淫靡《いんび》な音を立てた。潤滑剤のせいか、普段より滑りがよく、抜き差しのスピードがいや増す。

神蔵は、ブランクを埋めるかのように、恋人の熱い媚肉《びにく》を激しく貪った。シンゴもまた、貪欲に求めてくる。長い脚を胴に絡め、より深く繋がろうと神蔵を引き寄せる。

「ふあ、あ……も……だ……めっ」

神蔵の背中に爪を立てて、シンゴが限界を訴えた。

「もう少し……我慢しろ」

「我慢できな……い……っ」

神蔵としては、ひさしぶりの恋人をもうしばらく味わいたかったが、シンゴはブランクもあって、我慢が利《き》かなくなっているようだ。

「あっ……あっ……く……いっちゃ……あ——イ、くぅッ」

あたりを憚《はばか》らない声をあげ、体内の神蔵をきつく締めつけて極まる。その収斂《しゅうれん》に引きずられるように、ワンテンポ遅れで神蔵も精を放った。

くったり脱力した恋人から、ゼリーと精液に塗《まみ》れた自身を引き抜く。

「……シンゴ」

生まれたての子鹿のように、余韻に震える愛しい男を抱き締め、汗で湿った髪にキスをした。

「響……」

気怠そうに腕が伸びてきて、神蔵の首に巻きつく。

「俺……口ほどにもなくて……ごめん」

消え入りそうな小声で謝ってきた。

「自分ばっか……一人で気持ちよくなって……おまえのことぜんぜん……よくできなくて」

賢者《けんじゃ》タイムに突入し、おのれの行動を振り返って反省したらしい。

「……ばか」

甘く叱りつけ、恋人の後ろ髪をくしゃくしゃと乱した。

「充分だよ。これ以上よかったら、早漏一直線だ」

腕を緩めて少し離れたシンゴが、上目遣いに「本当？」と訊いてくる。

「がっかりしてない？」

「がっかりなんかするわけないだろう？」

このまますぐにもう一回食っちまいたいくらいなのに。

「よかった」

ほっとしたらしいシンゴが、ふたたびぎゅっと抱きついてくる。

「響……大好き」

耳許の囁きに口許が綻《ほころ》ぶ。

その言葉こそがなによりの——最高の誕生日プレゼントだと、神蔵は、特別な一日を恋人と過ごすことができた幸福を噛み締めた。

SIDE《SHINGO》

「う……ん」

寝返りを打った拍子に、張りつめた筋肉が鼻に当たる。

熱を孕《はら》んで適度な弾力のあるそれに、無意識にすりすりと額を擦りつけた。

子供の頃から慣れ親しんだにおいと体温、そして規則的な鼓動が心地いい。

（……気持ちいー）

夢うつつの半覚醒状態で、ふーっと幸せなため息を吐いた刹那、密着していた大きな体がぐらりと傾いだ。逞しい腕が伸びてきて、攫うように胸のなかに抱き込まれる。

「…………」

ずっしりとした腕の重みに、じわじわと薄目を開けた。視界に映り込むのは響の寝顔。

くっきりと太い眉。閉じた目蓋を縁取る長いまつげ。まっすぐな鼻筋と肉感的な唇。その唇がちょっとだけ開いていて、呼吸に合わせてまつげがふわふわ揺れる。

すっかり安心しきった——こんな無防備な顔を知っているのは自分だけなんだ——そう思ったら、胸のなかに甘酸っぱい気分が広がる。

一人でにやにやしたあとで急に甘えたくなって、高い鼻に自分の鼻を擦りつけた。さらに、厚めの唇に唇を押しつけ、そっと吸う。啄《ついば》むみたいなキスを繰り返していると、目蓋が持ち上がり、響が目を開けた。まだどことなく焦点の合っていない黒い瞳が、ぼんやりと俺を見る。

「……何時だ?」

寝起き特有の掠れ声が訊いた。

「わかんないけど……たぶん朝」

部屋がうっすら明るいから、おそらくそうだろうと予測して答える。全身が怠くて、ヘッドボードの目覚まし時計を手に取ることさえ億劫《おっくう》だった。

(いろいろ無茶したからな……)

日付が変わって昨日になった——響の誕生日騒動の顛末《てんまつ》をつらつらと思い起こす。

そもそもの発端《ほったん》は、恋人の大切な日をうっかり失念していたこと。なんとか当日中にプレゼントを見つけなきゃと、半日かけて響をあちこち連れ回し、空回りした挙げ句に結局は〝自分をプレゼント〟って、ベタなオチだな……おい。

いまになって冷静に考えると、マッパでリボンとか、どこのエロ動画だよって……。

追いつめられて、頭が沸《わ》いていたとしか思えない。

しかも、恥ずかしいついでに、いろんなことを初体験しちゃったし……。

脳裏に赤面ものの痴態《ちたい》をあれこれ蘇《よみがえ》らせていると、響の顔がすっと近づいてきて、ちゅくっと唇を吸われる。

「……シンゴ」

甘い低音で囁いて、もう一度キス。

「ん……」

俺も吸い返す。ちゅっ、ちゅっと唇を吸い合うだけのキスを繰り返しているうちに、熱っぽい手で手首を摑まれた。

そのまま引っ張られ、ブランケットの奥深くまで導かれる。到達した先には、火傷しそうに熱くてギンギンのブツが待ち受けていた。
（デカッ）
強引に握らされたものの猛々しさに、眠気も朝のいちゃいちゃ気分もふっ飛ぶ。これはもはや朝勃ちなんて、かわいいレベルじゃない。凶器だ。

「な、な、なにっ？」

叫んで手を引こうとしたが、がしっと摑まれていて逃げられない。振り仰いだ先に、黒光りする双眸。ぼんやり焦点が合わなかった先程から一転して、欲情の炎を目の奥に宿していた。

（ま、まさか……）

いやな予感を覚え、顔が引きつった。

昨夜あんなに何回もしたのに……まだやる気なんじゃ？

（無理！）

ただでさえ死ぬほど腰が怠いのに、これ以上やったらマジで死ぬし、今日という日が始まる前から終わる。

「手……離せよ」

目の前の浅黒い貌を睨みつけ、めいっぱい低い声で命じた。

「離せってば！」

渋々と手が離れる。だが、それに安堵した俺は甘かった。ほっと脱力した体を、くるりと引っ繰り返される。俯《うつぶ》せになった背中に、熱くて大きな体が覆い被さってきて、ぎゅっと抱き締められた。

「……欲しい」

耳の後ろに押しつけた唇が囁く。

掠れ具合が妙に腰に来る低音に、ぞわっと産毛が逆立った。熱い吐息がかかり、うなじがちりちりと粟立つ。

「……あっ」

当たってる。響の凶器が——。

その禍々《まがまが》しさにフリーズしていると、背後の響が膝立ちになり、俺の腰を抱え上げた。顔を枕に埋め、尻だけを高く突き出した恥ずかしい体勢を取らされる。

「やっ……やめろって！」

叫んで身を捩ったが、脹《ふく》ら脛《はぎ》を膝で挟み込まれている上に、腰をしっかりホールドされているので逃げられない。ほどなく尻のスリットに指が潜り込んできて、真ん中から左右に割り開かれた。

「ひっ……」

恥ずかしい場所を暴かれるのと同時に、そこに視線を感じて、体がカッと火照《ほて》る。辱《はずかし》めはそれだけでは済まなかった。見られるだけでも死ぬほど恥ずかしいのに、ぴちゃっと舐められて、太股の内側が震える。さらに、ぐぐっと圧力がかかる。

（……舌……が入って……）

「あぁっ……」

昨夜、何度も響を受け入れたそこに、厚みのある舌が入ってきた。まだやわらかいせいか、すんなりと侵入を許してしまう。

「ん……んっ」

舌を出し入れしながら胸を弄られて、下腹部に熱が溜まった。溜まった熱に押し上げられ、ゆるゆるとペニスが勃ち上がる。

角度を変えた欲望の先端から、白濁混じりのカウパーがつーっと伝い落ちた。シーツに染み込んだ愛液が染みを作る。

昨日あれだけ何度も出して、もうタンクも空っぽだと思っていたのに……。

アナルから舌を抜き、ふたたび覆い被さってきた響が、俺の濡れた欲望を握り込む。強弱をつけて、ぬるぬると扱かれた。追い上げられ、全身を小刻みに痙攣《けいれん》させる。ぎゅっとシーツを握り締めた。

「……っ……」

刹那、根元を指の輪できゅっと絞られる。寸前で放出を塞《せ》き止められる――ひどい仕打ちに瞳が涙で濡れた。こんなに煽るだけ煽っておいて、おまえは鬼か。

「ひ、響……」

回らぬ舌で訴える。

「イカせて……っ」

懇願にも、根元の締めつけは緩まなかった。

顎に手がかかり、斜め後ろに捻られる。後ろの響の熱っぽい瞳と目が合った。

「一人でイクのか」

問いかけに首を振る。そうじゃない。そうじゃなくて本当は。

「一緒が」

「…………」

無言で待つ響に、願いを口にした。

「おまえと一緒が……いい」

響の目がすっと細まる。「よし」と言って俺の頭を撫で、こめかみにキスした。俺の腰を抱え直した響が、怒張をあてがい――。

「う……く……ぅ」

熱い切っ先がめり込んできて、体をこじ開けられる圧迫感に、息が止まりそうになる。それでも、昨日から立て続けに何回もして耐性ができているせいなのか、いつもよりは楽に受け入れることができた。

「……んっ……んっ」

挿入後も、反り返った雄で数度擦られただけで、すぐに射精感が募ってイキそうになる。もう正確な回数も覚えてないほど〝なかイキ〟したから、粘膜が敏感になっているようだ。

バックから、怒張を勢いよくぱんぱんと突き入れられるたび、びくんびくんと背中が大きくたわんだ。

「あっ……ひ、ん……ひぁっ」

喉から迸る獣じみた喘ぎ。

「シンゴ……っ」

快感に掠れた声。

ああ、響も感じてるんだ。俺で感じて大きくなっている。気持ちいいんだ……。

そう思ったら、なおのこと射精感が膨れ上がった。

「響……ひび……き」

キスが欲しい。頭がとろっとろになる、熱いキスが……。

首を捻ってくちづけをせがんだ。望んだとおりの熱い唇が覆い被さってくる。舌と舌を絡め合いながら、最後の追い上げのように激しく責め立てられて――。

「……は……ぁあ――っ」

めくるめく絶頂の、さらなる頂《いただき》で、俺は最後の意識を手放した。


――手放してる場合じゃなかった。

快楽に流されてフルコースを満喫《まんきつ》してしまった報いにより、朝っぱらから詰んだ俺は、うつろな目で天井を見上げた。

腰が死んでる。マジで感覚がない。

今日は午後から撮影の立ち会いなのに……こんなんで大丈夫なんか、俺？

ガチャッとドアが開き、生きる屍《しかばね》同然の俺とは対照的に元気溌剌《はつらつ》な恋人が、寝室に戻ってきた。先程、どうしても起き上がれなかったから「先にシャワーを浴びてきて」と言って送り出したのだが……。

爛《ただ》れた情欲の痕跡をきれいさっぱりシャワーで洗い流し、すっきりと清々しい顔つきの響が、ベッドにぐったり横たわる俺を覗き込む。

「死んだ魚みたいな目をしてどうした？」

「……はあ!?」

的外《まとはず》れな問いかけに頭が瞬間沸騰《ふっとう》し、がばっと起き上がった。が、直後にズキッと鈍い痛みが腰に走り、「うっ」と呻く。仰向けにゆっくりと倒れ込み、枕に後頭部を沈めた俺は、天井を睨んだ。

（許せん……）

同じだけ愛欲に溺《おぼ》れたのに、向こうはノーダメージで、俺だけ使いものにならないってどーゆーこと？

たしかに、自分の身を誕プレ代わりに差し出したのは俺だ。さっきだって最終的に「おまえと一緒が……いい」と言ったのは俺だ。けど……。

（理不尽……あまりに不条理……）

基礎体力の差と言ってしまえばそれまでだし、タフなこいつと比べても詮無《せんな》いことだとわかっている。だからといって、すんなり納得できるものでもなかった。

斜め上からの、体調を案じるような視線を感じたが、あえて八つ当たり気味にぷいっと顔を背ける。

「大丈夫か？」

ベッドの端に腰掛けた響が、機嫌を取るように髪を撫でて、耳許に囁いてきた。

「もし体が辛いようなら、俺が〝なか〟から出してや……」

みなまで言わさず、俺はカッと両目を見開き、いつぞやと同じ台詞《せりふ》を叫んだ。

「いらんわっ！」

アンラッキー刑事《デカ》

タフ2巻収録「Act.3 ダブルトラブル」の中のエピソード。二人の関係はまだ緊張がみなぎっていて…。

1

一年の総決算である十二月に入り、世間と同じく渋谷中央署もまた、年内最大の繁忙期《はんぼうき》を迎えていた。

年末の恒例行事といえば、【今年の犯罪は今年のうちに！　未解決事件一掃キャンペーン】だ。ノルマに達しない所轄には、本庁からの厳しいペナルティが課されるというプレッシャーもあり、お偉いさんのモチベーションもいつになく高い一大イベントである。

【目指せ！　検挙率所轄ナンバー1】【打倒！　新宿中央署《しんじゅくちゅうおうしょ》】【数字の取れない刑事《デカ》は去れ！】等々、毛筆で書かれたスローガンがところ狭しと貼られた廊下を、殺気立った署員たちがせかせかと行き交う。

その廊下の真ん中に突っ立って同僚たちの通行を妨《さまた》げつつ、仮眠室から出てきたばかりの神蔵は、起き抜けの乱れ髪をわしゃわしゃと掻き上げ、ふあーっと大きなあくびをした。

本来の神蔵は、風俗営業法違反や賭博《とばく》などを取り締まる生活安全課一係の所属である。しかし今週は、道玄坂《どうげんざか》周辺のデートクラブ一斉摘発《てきはつ》のとばっちりで、少年犯罪を取り扱う二係の助っ人要員として駆り出されていた。

おかげでこの二日間は、ぶつ切れの仮眠を取っただけで、トータルの睡眠時間は五時間に及ばない。こと持久力においては同世代男性の平均値を著しく上回る自負があったのだが、さすがにここ最近の過重労働には息切れ気味だった。事情聴取とは名ばかりのガキどものお守りに、精神的ダメージも大きい。

「……ガキはもう勘弁してくれ」

ぼそっとぼやき、上背百八十六センチの頑強な肉体を覆うくたびれたスーツの、ポケットというポケットを上からぱんぱんと叩く。ようやく目当てのマルボロを探り当てて、パッケージから引き抜いた一本を唇の端に咥えたところで、【署内禁煙！】という貼り紙と目が合った。

ちっと舌打ちをする。どこもかしこも、ばかの一つ覚えのごとく禁煙禁煙。喫煙者は蛇蝎《だかつ》のごとく嫌われ、居場所を次々と奪われている。以前は喫煙者の権利として黙認されていた「たばこ休」でさえ風前の灯火《ともしび》だ。この夏に再会した旧友も非喫煙者で、神蔵の顔を見れば「おまえさ、いつまでそんな時代錯誤なもん吸ってんの？　臭いし、体に悪いし、一緒にいるこっちまで迷惑なんだよ。いい加減やめろ」と〝上から〟説教してくる……。

（喫煙所まで行くか、吸うのを諦めるか）

踏ん切りがつかないまま、フィルターを嚙み締めてぶらぶら上下させていた神蔵は、ほどなく煙草を唇から引き抜いた。旧友の偉そうなお説教を思い出してしまったせいで、吸う気が失《う》せたからだ。

煙草をパッケージに戻して、ポケットにしまったときだった。神蔵の視界に見慣れた——むしろ見飽きたといった表現が正しい——一人の若い男が映り込む。

コンビとして四六時中行動を共にし、独身寮まで隣室同士の生真面目な部下は、ネクタイの結び目がだらしなく緩んだ上司とは異なり、最低限の身なりを整えていたが、その童顔には疲労の色が濃く張りついていた。お疲れ気味の春畑《はるはた》巡査部長が引っ立てているのは、つけまばっちりの派手目の顔立ちに茶髪ロングヘアの女子高校生。

紺色のブレザージャケット、Vネックのスクールセーター、白シャツの首にはリボンタイ。丈が短めのタータンチェックのプリーツスカート、くしゅっと下げた紺のソックスにローファー、肩にはスクールバッグ——といった出《い》で立ちの、絵に描いたようなイマドキJKが、頭のてっぺんから甲高い声を発していた。

「痛いって！　離してよっ」

「静かに。落ち着いて！」

「だから離してってば！　腕に跡つくじゃん！」

「いっ……たたた！」

尖った爪で手の甲を引っかかれた春畑の悲鳴が廊下に響きわたる。

「…………」

一連の様相を目にするやいなや、くるりと踵を返して人波に紛れようとした神蔵は、逃げ切る寸前、目敏《めざと》い部下に発見されてしまった。

「先輩！」

呼び止められて、本日二度目の舌打ちをする。

「よかったー！　捜してたんですよー」

ほとんど半泣きのような声が届き、春畑が制服姿の少女を引きずるようにして距離を縮めてきた。渋々と振り返った神蔵を、どこか小動物を思わせるルックスの部下が、縋るような眼差しで見上げてくる。

「これから調書を取るところなんですけど、彼女がどうしてもいやだとごねて」

敵愾心《てきがいしん》もあらわにふんっと鼻を鳴らし、ぷいっと横を向く少女を一瞥して、神蔵は尋ねた。

「昨夜のデートクラブ摘発で保護されたうちの一人か？」

うなずいた春畑が、顔を近づけて、ひそひそと囁いてくる。

「なかなか強情な子で……連絡先どころか、名前も明かさないんですよ。未成年者の場合、保護者および身元引受人に引き取りに来てもらう決まりなので、昨夜はやむなく署に泊めたそうです。今朝改めて調書を取り直すことになっていたんですが」

「婦警はどうした？」

原則として、女性の取り調べは女性の刑事、もしくは婦警が担当する規定がある。

「それがいま、女性陣は手いっぱいみたいなんです……」

困惑顔の春畑が事情を説明する。

（なるほどな）

昨夜摘発されたデートクラブは大型店で、二十人近い少女たちが保護された。対して、署内の女性職員の数には限りがある。そこでペーペーの春畑におはちが回ってきたらしい。

これが犯罪を犯した被疑者ならば、どんなに待たせても女性職員が担当するが、今回のケースは「非行」の前段階の「不良行為少年」に該当する。罰すべきは未成年者を深夜まで働かせていたデートクラブの経営者であって、彼女たちは保護対象者だ。調書と言っても少年補導表を作成するだけなので、春畑でも処理できると判断されたんだろう。

（ところがどっこい、春の手に余る暴れ馬だったわけか）

腹落ちしていると、突如、当該の保護対象者が声を張り上げた。

「あたし、なんにもしゃべんないからね！　モクヒケンあるんだからっ」

「そいつはちゃんと漢字で書けてから行使《こうし》しろ」

すかさず低音で突っ込み、しばらくこめかみをカリカリと指で掻いてから、ふーっとため息を吐く。

「……仕方ねえな」

神蔵は不精髭《ぶしょうひげ》もまばらな顎をしゃくった。

「春、空いてる個室はあるか？」

「あ、第二が空いてます」

どうやら手に余る重い荷物を下ろせるようだと察して、安堵の色を浮かべる春畑とは裏腹に、少女の顔つきはますます険しくなる。

「だから話さないって言ってんじゃん！」

「こっちは鳴かねえうぐいす鳴かせてナンボの商売でな」

「はあ？　なに偉そうに言ってんの？　意味わかんないし、刑事なんか安月給のくせに！」

叫ぶなり、春の手を振り払って床にしゃがみ込んだ。てこでも動かないといった意思表示か、体を丸めて体育座りをする。

「俺の安月給がいつおまえに迷惑をかけた？」

屈み込んで問いかけた神蔵は、ストライキ少女の二の腕を摑み、立たせようとした。それを察した少女が、床に転がり、二歳児よろしく手足をバタバタさせる。

「やだってば！」

暴れるＪＫを無理矢理引っ立て、引き寄せ、至近距離で視線を合わせた神蔵は、ドスの利いた低音で「それより見たくもないパンツを見せられるほうが何倍も迷惑なんだよ」と凄んだ。

「こっちはおまえたちと違って暇じゃないんだ。余計な手間を取らせるな。素直に調書に協力すればすぐに解放してやる」

眼光の鋭さに呑まれたかのように、しばらく黙って両目を見開いていた少女が、ふっと唇を歪《ゆが》める。まだどこかあどけない顔にスレた笑みを浮かべて「なーんだ」とつぶやいた。

「疲れたオジサンだと思ったけど、よーく見ると刑事さん、まあまあいい男じゃん。あたし、ワイルド系イケメン好きなんだ。刑事さんなら安月給でもいいよ。あたしが稼いで貢《みつ》ぐからさ」

一気にまくしたてて、自分から胸を押しつけてくる。ブレザーの上からでもわかるほど立派な胸だ。本人もそれが自慢なんだろう。

（よーく見ると、まあまあだと？　クソガキが）

そこそこむかついたが、内心の憤慨《ふんがい》は表に出さずに、ぐいぐい胸を押しつけてくる少女を引き離す。

「世の男が誰しも巨乳好きだと思うなよ」

「男はみんなおっぱい星人に決まってんじゃん」

「俺は小さければ小さいほどいいがな」

「うっそ。刑事さん、ちっぱい派？」

「なんなら筋肉だけでいい」

少女がぽかーんと口を開き、神蔵の顔をまじまじと見上げてきた。一瞬後、「マジーっ」と驚愕の叫びをあげる。

「ひょっとして男が好きとかあ!?」

大声を出す少女の後方で、春畑が笑いを噛み殺すような顔をした。

この〝ゲイ匂わせ戦略〟は逆セクハラアプローチ撃退に即効性があるので、しばしば用いるのだが……今回は相手が悪かったようだ。

「もうゲイでもいい！　あたしが女のよさを教えてあげるよ！」

テンション高めの声を発して、懲《こ》りずに抱きついてくる。

「おいこら、いい加減にしろ。おふざけにつきあってる時間はないんだ」

少女の腕を摑んで引き剝がしにかかった神蔵は、額のあたりにちりちりと灼《や》けつくような視線を感じて顔を上げた。

「………っ」

息を呑む。

視界に映り込んだのは、ダウンジャケットの下にスウェットパーカをインして、コーデュロイのボトムに長い脚を包み込んだ、モデルばりの八頭身。

明るい色の髪。異国の血を引く証でもある白い肌。細い眉。先端が少しだけ上向いた鼻筋。ふっくらとした唇。日本人離れした造作のなかでも、ひときわ印象的なアッシュグレイの目が、自分と少女をじっと見つめていた。

「……シンゴ？」

予期せぬ友の登場に虚を衝かれ、少女を振り払うことも忘れてフリーズする神蔵のつぶやきに、春畑のうれしそうな呼び声が重なる。

「平間さん！」

先日、とあるティーンズモデルの援助交際疑惑を巡るトラブルに神蔵を巻き込み、貴重な有給を台無しにしたトラブルメイカー――平間シンゴがそこに立っていた。

「なんで……おまえがここにいる？」

まだ動揺の余韻を引きずる神蔵の問いかけに、シンゴから答えはない。瞬き一つせず、神蔵とその胴に張りつく少女を凝視するシンゴの代わりに、春畑が回答を寄越《よこ》した。

「ぼくがお願いして来ていただいたんですよ。ほら、来春に実施予定の『春の防犯週間』、新宿中央署に対抗してうちもポスターを作ることになったじゃないですか。それで、どうせ作るなら新宿中央署より目立つポスターにしようって話になって、プロの平間さんにお願いすることが決まったんです」

シンゴと神蔵の腐れ縁は、中一の春から高三まで。高校卒業後は交友が途切れ、この夏に偶然の再会を果たしたのだが、没交渉だった八年のブランクのあいだに、かつての悪友は美大を出てフリーランスのグラフィックデザイナーになっていたのだ。

「聞いてねえぞ、そんな話」

「先輩、先週の課内会議さぼったじゃないですか」

非難の声には取り合わず、神蔵は目の前の部下から、その後ろのシンゴへと視線を転じた。

「おまえも来るなら来ると、なんで一昨日の電話で言わないんだ？」

とたん、それまで凍りついたように無表情だった男の顔がカッと朱《しゅ》に染まる。

「おまえにいちいちスケジュールを報告する義務とかないだろ！」

突如いきり立ち、神蔵をキッと睨んできた。

「大体おまえが電話してきたの夜中の二時だぞ？　人の寝入りばな叩き起こしといて、偉そうな口きくなっ」

「……あんな時間しか体が空かないんだよ」

深夜、身も心も疲れ切って寮に戻った独身男の、一人侘《わび》しい寝酒タイム。

せめて酒の肴《さかな》に友の声が聞きたいといういじらしい男心は、相手がこの鈍感男である限り、この先も汲《く》み取られることはないのだろう。

気がつけば、いつもどおり好戦的なシンゴを前にして、神蔵の唇からは深い嘆息が漏れた。

偶然の神様が引き合わせてくれた夏の日の再会以来、シンゴが自分に向けるリアクションは一貫している。苛立《いらだ》ちと拒絶反応。

それは、八年前の元親友の裏切り行為を、いまも……そして今後も許すつもりはないという、固い意思の表れだった。


高校生活最後の――夏の終わり。

熱帯夜が続く暑い夏だった。日が沈んでもいっこうに気温が下がらない灼熱《しゃくねつ》の夜。

あの夜の記憶はもはや、だいぶ曖昧になっている。ただ、組み敷いたシンゴのおののきと、無理矢理暴いた体の奥の熱だけは、いまも生々しく覚えている。

燃え滾る溶鉱炉《ようこうろ》のように、そこは熱かった。

その熱が自分を狂わせたのだと、言い訳する側から自嘲《じちょう》が漏れる。

人生のどん底だったし、どうしようもなく追いつめられていたし、この上なく自暴自棄《じぼうじき》にもなっていた。

理由は多々あったが、どれほどの理由を積み上げようとも、自分が親友の信頼を裏切り、蛮行《ばんこう》に走ったのは紛れもない事実。失ったものは、二度とこの手に戻らない。おのれの愚かさを責めているうちに、卒業というタイムリミットが訪れ、進路を告げ合うこともなく別れた。

関係修復の糸口を見失ったまま、お互い意図的に消息を追わずに八年の月日が過ぎた。

業務に忙殺され、共に過ごした日々の記憶も薄れ始めた頃、不意に訪れた奇跡の再会。

ふたたび相まみえたシンゴの瞳に浮かんだ苛立ちと拒絶に、胸を抉《えぐ》られるほどの痛みを覚えながら……それでも神蔵はあの日、運命のいたずらに感謝したのだ——。

「じゃあ先輩、ぼくは平間さんと打ち合わせがあるんで、彼女の取り調べはお任せしてもいいですか？」

春畑の問いかけで、神蔵は回想モードから引き戻された。

「あ……ああ」

「すみません。よろしくお願いします」

ぺこりと頭を下げ、春畑がいそいそとシンゴに駆け寄っていく。

「ねえねえ、あの人ってハーフかなんか？」

まだ胴にしがみついている少女に訊かれ、なかば上の空で「八分の一ロシア人の血が入っている」と答えた。

「やっぱそうなんだー。男の人なのにめっちゃキレイだもんね……すっぴんで、あの肌とかうらやま」

少女が羨望《せんぼう》の入り交じった声音を出す。

当のシンゴは春畑と立ち話をしつつも、時折ちらっ、ちらっとこちらに視線を寄越していたが、神蔵と目が合うと、なにが気に入らないのか、ぷいっと横を向いた。

（……ガキ）

いまここにいる女子高校生よりガキである。……まあ、そこがかわいいのだと言ってしまえば身も蓋もないわけだが。

中等部の入学式で隣り合わせた時点ですでに、平間シンゴは男としては致命的な美貌の持ち主だった。

こんなルックスの我が子を全寮制の男子校に放り込むとは、両親揃ってよほど天然なのか、はたまた恐ろしく肝《きも》が据《す》わっているのか。いずれか、それとも両方か。当時は教師も困惑し、首を傾げていたものだ。

多少なりとも親しくなれば、完璧なルックスとは裏腹に色気のカケラもない、ただの気の強いガキだとわかるが、なにしろ発情期のオスの集団だ。抑圧された男どもにとっては、女子の代用品として充分に堪《た》えうるビジュアルだったらしく、セクハラまがいのちょっかいは引きも切らなかった。

思春期真っ盛りの六年間、あそこまでダイレクトに性欲のターゲットにされ続け、特にこじらせもひねもせず——齢《よわい》二十六にして世間ズレの一つもしていないのだから、相当タフだと思う。

そんな図太い神経の持ち主に対して、自分はやや繊細に過ぎるのかもしれない……。

たしかに今年の夏、運命の神の計らいに感謝した。

たとえこれが神の気まぐれでも構わない。途切れた糸をふたたび繋ぎ合わせることができる可能性が一パーセントでもあるのならば、それに縋りたいと思った。

が、あらゆるトラブルを引き寄せるだけにとどまらず、厄介事に自分から突っ込んでいくシンゴに振り回され、平常心を失い、仕事にまで余波が及ぶに至っては、「後悔」の二文字が脳裏をちらつき始め……。

（いやいや）

今更悔やんだところで、再会してしまった事実は変えられない。後戻りは不可能。

過去を悔いるより、大切なのは未来。今後の傾向と対策だ。

とにかく、こいつがどんなに好戦的で山ザル並みにキーキーうるさくても、いちいち応戦してはならない。同じリングに上がって組み合ったが最後、ただでさえ乏《とぼ》しいＨＰ《ヒットポイント》を消耗《しょうもう》するばかり。

（ここは大人の対応だ）

腹のなかで自分に言い聞かせていると、春畑がシンゴを促す声が聞こえた。

「ぼくのデスクに資料一式がありますので、オフィスに移動して打ち合わせしましょうか」

シンゴがうなずき、右肩にかけたバックパックを背負い直す。肩を並べた二人が、こちらに向かって歩いてきた。

「……スケベ」

神蔵とすれ違いざまに、シンゴがぼそりとつぶやく。

「………っ」

振り返った神蔵は、汚らわしいものを見るような冷ややかな眼差しを認めた。

「ちょ、待てや」

シンゴの肩を摑んで「いまなんて言った」と尋ねる。

肩の手をぱしっと払ったシンゴが、挑発的に唇の片端を上げた。

「耳が遠いならもう一度言ってやる。ス・ケ・ベ」

「……誰がスケべだ」

「JKに抱きつかれて鼻の下伸ばしてるオッサン——つまり、おまえだよ」

鼻先に向かって指をびしっと突きつけてくる。いつ鼻の下を伸ばした⁉ と反論しかけて気がついた。背中にぴたっと張りついたJKに、現在進行形でEカップの胸を押しつけられていることに。

「…………」

背中の少女を黙って引き剝がし、「退いてろ」と廊下の端に押しやってから、神蔵は改めてシンゴに向き直った。

「これは仕事だ」

「へーえええええ。血税使って女子高校生といちゃいちゃするのが仕事って言われてもねー」

わざととしか思えない棒読みで言って、シンゴがひょいと肩をすくめる。小馬鹿にしたようなジェスチャーに、カッと頭に血が上った。ギャラリーさえいなければ、飛びかかっていますぐ生意気な口を塞いで黙らせるところだ。

「……どうやら先日の貸しを忘れているようだな？」

煮え滾《たぎ》るような腹立ちを抑え、できるだけ平静な声音を出す。

「貴重な有給を潰し、ハタ迷惑なお節介につきあって、尻拭いまでしてやった友人に対する態度とは思えんが……」

そもそも自分たちの交流の復活は、ひったくり被害に遭《あ》ったシンゴが、神蔵の職場である渋谷中央署を訪れたことに端《たん》を発《はっ》する。これ以上は深追いするなと釘を刺しておいたにもかかわらず、無鉄砲にもひったくり犯を尾行したシンゴは、二人組の犯人の怒りを買った。報復として男たちに襲われたシンゴを、神蔵がギリギリ救い出せたのは、幸運以外のなにものでもなかった。部屋に駆けつけるのがあと数分遅かったら、シンゴは犯された上で、命を奪われていただろう。

普通ならば、それだけ危険な目に遭ったら懲りるはずだが、そのあたりの学習能力がまるっと欠如しているのがトラブルメイカーたる所以《ゆえん》。

お次は他人のトラブルに首を突っ込んだ。仕事仲間の少女モデルがグレかけているのを、なんとかしたいと言い出したのだ。もちろん「手を引け」と諌《いさ》めたが、敵は忠告を素直に聞くようなタマじゃなかった。彼女がバイトしているデートクラブに単身突撃して、あっさり撃沈。すると当初は「おまえには関係ない」だの「ほっとけ」だのイキっていたくせに、手のひらを返して「手を貸して欲しい」と泣きついてきた。それでも渋る神蔵に「乗り込んでいった俺が、チンピラにボコられてもいいんだな？」などと卑劣《ひれつ》な脅しまでかけてきた。——最終的には、その脅しに屈した神蔵の介入によって少女モデルは無事に保護され、第二のトラブルも一応の決着をみた。

とはいえ、またしてもトラブルメイカーに振り回された神蔵としては、対価の一つももらわなければ腹の虫がおさまらなかった。

――今日のギャラだ。時間外労働は高くつくぞ。

――残りはまとめてしっかり取り立てさせてもらう。……おまえのカラダでな。

神蔵的には、おまえは俺に借りがあるんだぞ、と念を押す意味合いだったのだが。

どうやらその〝借り〟を思い出したらしい。シンゴの顔がみるみる赤くなった。

「あ、あれとこれは話が別だろ！　俺が言いたいのは、おまえが節操なく誰にでも……っ」

「節操がない？　俺ほど一途《いちず》な男もめったにいないぞ」

真顔で主張すると、シンゴが「はあ？　一途？」と頭のてっぺんから声を出す。

「ツラの皮が厚いのも大概にしろよ。女でも男でも見境なく、突っ込む穴さえありゃいーんだろーが！」

「平間さん！」

悲鳴のような声が廊下に響いた。大の大人が顔をつきあわせていがみ合う様を見かねてか、春畑があいだに割り入ってくる。

「ここ一応公共スペースですから声を抑えて。先輩も大人げないですよ」

真ん中で両手を広げて神蔵とシンゴを引き剝がし、両方を平等に諫めてきた。が、しかし、部下に諭《さと》されたぐらいで、脳天まで上った血が下がるものでもない。

「退《と》け、春。――俺が無節操なら、おまえはなんだ。身の程知らずになんでもかんでも首を突っ込みやがって」

「退いてよ、春くん。――おまえにだけは説教されたくないね。大体しつこいんだよ。ちょっと借りを作ったら、恩着せがましくネチネチネチネチ」

「ちょっとだ!? おまえ、あれをちょっとと言うか！」

どんどんヒートアップしていくバトルを鎮火《ちんか》させようと、必死の形相《ぎょうそう》の春畑が「二人とも落ち着いて！」と叫んだ。

「冷静に!!」

「おまえが一番うるさいぞ」

「先輩、ひどいです……」

「そうだよ。春くんがかわいそうだろ！」

「ってか、いいのー？」

三人の掛け合いに、ふて腐れたような声が被さってくる。ぴくっと肩を揺らした神蔵は、すっかり存在を忘れていた声の主を振り返った。

「あたしがフケちゃってもいいのー？」

一人蚊帳《かや》の外に置かれた少女が、壁に背中を預け、腕組みしている。その不満げな表情を視界に捉えた瞬間、目下《もっか》のタスクを思い出した。

「……くそ……」

低く唸《うな》って踵を返す。少女につかつかと歩み寄り、二の腕を摑んだ。

「行くぞ」

そのまま少女を引っ立てるように歩き出した神蔵だったが、数歩も行かずに足を止め、上半身を捻る。こちらをまだ睨んでいるシンゴに「おい」と声をかけた。

「春の用が済んでも帰るなよ。まだ話は終わっちゃいないからな」

2

「誰が待つかーっ！」

廊下のはるか後方で、シンゴがわめいている。

「あの人、なんか叫んでるけど？」

「ほっとけ。止まるな。歩け」

ちらちらと背後を振り返っては足を止める少女をその都度促し、第二取調室へと歩を進めながら、神蔵は腕時計の文字盤を確認した。

十二時十分。こいつの口をさっさと割らせて、監督不行き届きの保護者を呼び出し、多少のお灸《きゅう》を据えて——二係に少年補導表を提出できるのは、三時前後といったところか。

そのあと、溜まりに溜まったデスクワークが首尾《しゅび》よく片づけば、突発の事件でも起きない限り、定時にはシンゴを連れて署を出ることができる。繁忙期ではあるが、二連ちゃんの署泊まり明けだ。さすがに今日ぐらい定時に帰っても、文句を言うやつはいないだろう。

ここしばらく食生活が貧しかったから、まともなメシを食いたいところだ。

家で作ってもいいが、たまには外食も悪くない。

ひさしぶりに『さくら』に顔を出すか。シンゴびいきの義姉も喜ぶはずだ。

まずは差し向かいで、刺身をつまみにきゅーっと日本酒を一杯。

いや、いきなり日本酒じゃシンゴが酔うな。今日は、やつの酔いが回る前にやらなければならないことがある。

さっきのやりとりで、あいつが人騒がせな言動をまるで反省していないことがわかった。

いい機会だ。今日こそしっかりとお灸を据える。二度と厄介事に首を突っ込むな、自分の力量を顧《かえり》みずに暴走するなと、コンコンと言って聞かせねば――。

脳内で業務終了後の段取りを立てつつ、第二取調室に辿り着いた神蔵は、スライド式のホルダーから「空室」のプレートを抜き取り、「使用中」に裏返してふたたび嵌《は》めた。ドアを開けて少女を先に入室させ、自分もなかに入って、後ろ手にドアを閉める。六畳の室内は、正面に窓が一つある以外は白い壁に囲まれ、デスクが一つとパイプ椅子が二脚のみという殺風景さだ。デスクの上にはオフィスホン一台とミネラルウォーターのボトルが二本セットされている。

パイプ椅子の一脚を引いて少女を座らせると、神蔵は向かいのパイプ椅子に腰を下ろした。デスクの引き出しから必要な用紙を取り出し、スーツの内ポケットからボールペンを引き抜く。

スタンバイした神蔵に、少女が身を乗り出すようにして囁いてきた。

「こんな狭い部屋に二人きりなんて……ドキドキしちゃうね」

「無駄な色目を使う余裕があるなら書類作成に協力しろ。――まず名前と住所」

正面の顔が大仰《おおぎょう》に目を見開く。

「うっそ、刑事さん、若い女の子と一緒でもエロいこととか考えないんだ。店に来るオヤジたちなんて必死で二人きりになろうとするよ？　制服のスカートのウエストに万札挟み込んで『なんにもしないから』とかばっかみたい。しないわけないじゃん。えー……マジでそっちなの？」

「だったらどうする。ゲイの警察官の取り調べは受けたくないか？」

「別にゲイだっていいけど……あっ、もしかしたら、さっきのキレイなお兄さんが恋人とか？」

カラコン入りの瞳をキラキラと輝かせて訊いてくる。

どうやら、スムーズに調書を取るためには、しばらく雑談につきあう必要がありそうだ。

少女が自分とのコミュニケーションを欲しているのを感じた神蔵は、ボールペンの尻でかりかりと後頭部を掻く。

「だとしたら？」

「うーん。ちょっといいかも」

「いい？」

意外な返答に、神蔵はペンの動きを止めた。

「最近はテレビにもいっぱい出ててそんなにめずらしくないけど、それだって大っぴらにカレシと手繋ぎデートとかできないわけじゃん？　刑事さんとか普通にモテそうなのに、あえて？　そういう相手を選ぶとか……えっとそういうのなんて言うんだっけ……あー……尊い？」

「尊い？」

怪訝そうに訊き返すと、少女がうっとりと囁く。

「うん、なんか純粋な感じ」

（純粋、ねえ……）

オヤジたちのスケベ心を利用して小遣い稼ぎをする一方で、フィクションのなかにしか存在しないような純愛に憧《あこが》れを抱く。そもそもまだ自己が固まっておらず、作り込んだ外見に反して、内面はゆでたての卵のようにつるんと剝き身でやわらかい。

たくさんの矛盾を抱えているからこそ、この年頃の少女の取り扱いは難しいと感じる。繊細で複雑な心を解きほぐし、そっと寄り添う役割には、やはり同性が相応《ふさわ》しいのだろうが。

（まあ、俺には俺のやり方しかできないからな）

開き直った神蔵は、スーツのポケットからマルボロを取り出した。パッケージを揺すり、飛び出してきた一本を唇の端で咥える。ジッポーで火を点けて、深く吸い込み、ふーっと煙を吐いた。

紫煙《しえん》の向こうの少女に薄く笑いかける。

「吸いたそうだな」

神蔵の一連の動作を瞬きもせずに見つめていた少女が、ぷいっと横を向いた。

「そんなオヤジ煙草吸わないもん」

「賢明だ。その年から吸うなら、せめて軽いやつにしとけ」

「……吸うなって言わないの？」

不思議そうに問いかけてくる少女から顔を背け、煙を白壁に吹きつける。

「俺はおまえの年頃にはすでにヘビースモーカーだった。偉そうな説教は垂れられないさ」

低くつぶやきながら内ポケットに手を突っ込み、携帯灰皿を取り出して、吸い差しを揉み消した。パイプ椅子から立ち上がって窓を開ける。空気を入れ換えると、ふたたび椅子に戻った。

「だが、自分がろくでもなかった分、若気の至りのツケの重さは身にしみてわかっている。昔の自分と同じように道をはぐれているやつを見れば、どうしたって気にかかる。先の展開が見えるだけにな」

「……刑事さんもグレてたの？」

「そこそこやんちゃだった。仲間を引き連れて単車を乗り回す程度には」

「もしかして暴走族ってやつ？　ネットで写真見たことあるよ。漢字がいっぱい書いてある長い上着とかツナギとかオソロで着る、あれだよね。集団でバイクで走ってグループ同士で喧嘩《けんか》とかして、グループのボスにはあだ名みたいなのがついてて……なんか『伝説の走り屋』みたいな！」

少女がますます瞳を輝かせてテンションを上げていくのに対し、神蔵はやや遠い目になる。かつては不良の代名詞といえば暴走族かヤンキーだったが、いまの若者たちにとってはネットでしか確認できない伝説の生き物なのだろう。

ふと気がつくと、少女は先程の熱狂から一転して静かになっていた。しばらく何事かを考え込むような面持ちをしていたが、不意に視線を上げて「ねえ」と話しかけてくる。

「刑事さんはどうして不良になったの？」

正面の顔がこれまでになく真剣であるのを認め、神蔵も心持ち居住まいを正した。適当に受け流すことは簡単だし、行きずりの相手に真実を語る必要もない。だが、自分を見つめる少女の曇りのない眼差しに、ここはきちんと向かい合うべきだと感じたのだ。

「そうだな。様々な要因が絡み合っていて一言では言えないが、一番は家だな。母親は俺が物心ついた頃にはもう長く患《わずら》っていて、ほとんど親子らしい接触もないままに亡くなり、父親とはとことんソリが合わなかった」

母親代わりだった兄が京都の大学に進学するのを機に、全寮制の学校に放り込まれた。要は、体のいい厄介払いだ。それでも、父親と二人で暮らすよりはぜんぜんマシだと、十二歳の自分は強がったのだ。

「父親かー」

少女が嫌悪感を剥き出しにして顔を歪める。

「刑事さんのとこも、自分の思いどおりにならないと怒鳴り散らすパワハラタイプ？」

「怒鳴られるなら、まだコミュニケーションの取りようがある。俺は、まるで存在しないかのように無視された。ガキの頃は不思議だった。なぜ父親が自分を見ようとしないのか、なんで会話がないのか、兄貴に対する態度と俺への扱いの差はどこから来るのか……」

「刑事さんも差別されたの!?」

大きな声を出した少女に、「おまえもきょうだいと差をつけられたクチか」と訊いた。

「うちはね、二個上のアネキ。めちゃめちゃ性格悪くてムカツク女なんだ。ちょっと勉強できるからってそれ鼻にかけてて、人の顔見れば『低脳のくせに』って。自分こそ、カレシいない歴＝年齢のくせにさ！」

鼻息荒く悪《あ》し様に罵《ののし》り、それだけでは気が収まらなかったのか、手のひらでデスクをばんっと叩く。

「根性曲がってて学校でもハブられてるのに、うちの親たちは揃ってアネキの味方で、喧嘩しても叱られるのはいっつもあたし。あたしはできそこないで一族の恥さらしだから、あいつらこっちの言い分なんか聞く気ないのよ。はじめから悪いのはあたしって決めつけてんだもん」

「恥さらしとは、ひどい言われようだな」

「うちは親父が医者で、親戚もほとんど高学歴で……従兄弟《いとこ》とかも医大行ったり留学して向こうの大学通ってるのが多いから。あたしみたいに底辺校しか受かんないやつは、それだけで人間失格なんだよ。母親なんかさ、近所にバレたら恥ずかしいから制服で出歩くなとか言ってんのに、その制服に金払うオヤジがいるんだから笑っちゃう」

傷《いた》んだ毛先を引っ張りながら、少女が荒《すさ》んだ笑みを浮かべた。神蔵はゆっくりと腕を組む。

「つまり、デートクラブのバイトは毒親へのあてつけってわけか」

「あてつけってゆーか、短期で実入りいいしさ。オヤジと店外デート一回するだけで、カレシとクラブに何回か行けるくらい稼げるし」

「クラブ好きの彼氏は、その金がスケベオヤジの財布から出ていることを知ってるのか？」

「内緒にしてたんだけど、こないだバレちゃって」

少女が首を縮め、ぺろりと舌を出した。

「暴れちゃって大変だったんだ。『自分を安売りするなバカ！』とか叫んでビンタしたかと思ったら、急にオイオイ泣き出しちゃって。顔ぐちゃぐちゃにして『金はオレが稼ぐ！　だからバイトは辞めろ』とか、はあ？　って感じ。将来はビッグなＤＪになるとか言って学校辞めて親にも見捨てられてさ。バイト代もぜーんぶ器材に突っ込んで年中金欠のくせに、あたしが稼がなきゃ誰がアパート代払うのよ。現実ってもんが見えてないよ、ケンジのやつ」

冷めた口調で彼氏をディスって肩をすくめる。

「世の大半の男は、女性からすれば夢見がちで現実が見えてないってことになるんだろうが……そのケンジとやら、恋人に手をあげるのはいただけないが、そこそこ気概《きがい》はありそうだ。おまえの稼ぎに依存して、ヒモになるのをよしとしないだけのな」

神蔵が下した評価に、少女が唇を尖らせた。

「そう？　単にバカなだけって気もするけど」

「その『バカ』に貢ぐやつのほうが、よっぽどどうかしているように俺には思えるが？」

指摘された少女がぷっと頬を膨らませ、ふて腐れたような顔つきでテーブルを睨みつけ、ぼそぼそと零す。

「だって……あたしのこと本気で怒ったり、あたしのために泣いてくれたりするの、あいつしかいないもん」

「そう思うなら彼氏との絆《きずな》を大事にしろ。一時の感情に惑わされて大切なものを見失うなよ。生涯悔いることになるぞ」

少女が顔を上げて、神蔵の目をじっと見つめる。

「刑事さん……後悔してるの？　なんか大事なものをなくしちゃったの？」

問うてくるまっすぐな眼差しに、神蔵は双眸を細めた。

（なくした……いや、そうじゃない。自分から手放した）

高校三年の晩夏、自分は一番大切なものをこの手で壊すことで、思春期の感傷と決別した。

友を傷つけ、踏みにじることで、二度とは引き返せないように退路を断った。

兄の無念を晴らすために、自分で選んだ道だ。

自分で選んだくせに、友を失ってからの日々、あの夜の自分を責め、悔恨《かいこん》に苛《さいな》まれ続けた。

「……ああ……後悔している」

組んでいた腕を解き、神蔵は少女の問いかけを肯定した。

「だからこそ過《あやま》ちを繰り返さないように、ことあるごとに自分を諌めているんだがな」

みずからに言い聞かせるようにひとりごちたとき、ドアを叩くノック音がコンコンコンと響く。

「はい」

「失礼します」

ガチャリとドアが開き、生安二係所属の婦警が顔を覗かせた。神蔵よりだいぶ先輩のベテラン婦警だ。

「神蔵くん、お疲れ様。春畑くんに訊いたらここだって言うから。さっきは猫の手も借りたい忙しさでつい春畑くんに頼んじゃったけど、ようやく落ち着いたからバトンタッチするわ。――お嬢さん、お待たせしてごめんなさいね。朝も昼もまだでおなかすいたんじゃない？　まずはなにか食べましょう」

包み込むような柔和《にゅうわ》な物言いに安心したのか、少女が素直に立ち上がる。お役御免《ごめん》となった神蔵も取調室を出て、二人をエレベーターホールまで見送った。

エレベーターを待っているあいだに、少女が「刑事さん」と神蔵の腕をつんつん引っ張る。

「お互いダメ親を持つと苦労するけどさ……めげずにがんばろうね」

親指を立ててのウインクに、神蔵は「ああ」とうなずいた。

「おまえも彼氏と仲良くな。素直に調書に応じれば、すぐにケンジとも会えるさ」

「うん。あたし……ルミっていうんだ。ねえ、また会える？」

ルミが縋るような目で見上げてきたが、おそらく二度と会うことはないだろう。刑事とそうちょくちょく会う機会があるようでは困る。

「――ほら、エレベーターが来たぞ」

返事をせずに促すと、婦警もルミの背中に手を添えて誘った。渋々とケージに乗り込んだルミが、閉じようとするドアを手で押さえ、じっとこちらを見つめてくる。答えるまではここを動かないといったアピールに、神蔵はふーっとため息を吐いた。

「わかった。あとで顔を出してやるから」

「ぜったいだよ！　ぜったいだからね！」

悲鳴のような懇願を残し、ドアがするするとスライドする。完全に閉まったタイミングで、神蔵は腕時計を見た。一時ジャスト。

「さてと……こっちも腹が減った」

（デスクワークをやっつける前に、上のカフェで腹ごしらえするか）

空腹感に背中を押されて、エレベーターの「△」のボタンを押した。トラウザーズのポケットに片手を突っ込み、移動するランプの点滅を眺めていると、ぽんっと音がしてケージの到着を知らせる。ドアがふたたびするするとスライドし――。

「……っ」

ほどなく全開したケージの中央には、シンゴが一人ぽつねんと所在なさげに立っていた。


エレベーターの前に佇む神蔵を認めるやいなや、シンゴがむっと眉根を寄せる。

（おい……顔）

尻尾を振って歓迎しろとまでは言わないが、こうも毎回顔を合わせるたびに眉間に皺を作られれば、さすがにイラッとくる。

感情が顔にダイレクトに表れるのはガキの頃からだが、まさか仕事関係者に対しても万事《ばんじ》この調子なんじゃないだろうな。

（……だろうな、たぶん）

本音と建て前を器用に使い分けられるタイプじゃない。

フリーランスのグラフィックデザイナーなどという人種は、社会性がなくてもそこそこやっていけるのだろうが、自分は市民の手本となるべき公僕《こうぼく》。ましてやここは職場だ。

（本能より理性第一だ）

感情的になるな。熱くなったら負けだぞ。いつぞやの二の舞だけは避けろ。

おのれを戒めたのちに、閉まろうとするエレベーターのドアを手で押さえた神蔵は、精一杯のおだやかな声音を作って尋ねた。

「春はどうした？」

出入り口を塞ぐ神蔵を見上げたシンゴが、脊髄《せきずい》反射のように胸を反らして答える。

「お偉いさんに用事を頼まれて外出した。一時間くらいで戻るから時間を潰していてくれって」

「それで署内見物か？」

「カフェで珈琲でも飲もうかと思って」

「カフェなら最上階だぞ」

神蔵がケージに乗り込むと、シンゴがあからさまに体を引いた。ぴくっと反応しかけ、そんな自分をどうどうと宥《なだ》める。……落ち着け。

最上階のボタンを押した神蔵に、シンゴが「おまえもカフェ行くの?」と尋ねてきた。

「昼飯を食いに行くところだったんだが……」

どうせなら一緒に——と言いかけて、壁にぴたっと張りつく男を視界の隅に捉える。

密室に二人きりという状況を露骨《ろこつ》に警戒するシンゴに、ふっと自嘲の笑みが浮かんだ。

たしかに自分は前科一犯だ。

先日も、「おまえには関係ないだろ!?」「ほっとけよ!」などという心ない言葉にカッと頭に血が上り、気がつけばシンゴの唇を奪っていた。キスからの流れで寝室に引きずり込もうとした。

……警戒されても致し方ないことは認めよう。

が、しかし。ここは警察署だ。警察官にとっての聖域だ。

おまえのなかの俺は、職場で隙あらば襲いかかるほどのケダモノなのか?

問い質したい欲求をぐっと堪えたものの、なにも言わずに黙っていることはどうしてもできず、つい当てこするような言葉が口をついた。

「その手の過剰反応は却って男の本能を煽ると、忠告したはずだがな」

言ってからしまったと思ったが、すでに手遅れ。たちまち臨戦態勢になったシンゴから、反撃の矢が飛んできた。

「おまえの忠告が役に立ったことなんか一度もない!」

「そいつは、おまえが聞く耳を持たないからだろうが」

「おまえの話に一聴の価値があるなら、俺だってちゃんと」

「ほーう、ちゃんと？」

言葉尻を捉えて訊き返した。

「おのれのキャパを弁《わきま》えず、見境なくトラブルに首を突っ込み、人を振り回すような真似を、以降慎《つつし》むと？」

追いつめる神蔵に、一応自覚があるらしいシンゴが口をへの字に曲げる。

「お……俺だって、そこは反省してるんだから、イヤミったらしく何度も言うなよ」

「イヤミに聞こえるのは、おまえが胸に疚《やま》しさを抱えているからなんじゃないのか？」

「だから反省してるって言ってんだろ！」

逆ギレして大声を出したかと思うと、不意に声のトーンを落とした。

「そんなにいやなら……俺に関わらなきゃいいじゃん」

「なに？」

聞き捨てならない台詞に、眉尻をぴくりと跳ね上げる。

「そんなに迷惑なら俺に近づくなよ」

低音でつぶやいて、シンゴが上目遣いに神蔵を睨んだ。

「俺から一度だって頼んだか？　友達づきあい再開してくれってお願いしたかよ？　おまえは振り回されたって被害者ヅラするけど、俺からは頼んでないからな」

先般、「手を貸して欲しい」「おまえの力が必要なんだ」と泣きついてきたことなどすっかり棚に上げた言い分に、神蔵はあ然とした。

「シンゴ……おま」

「それをおまえが勝手に構ってくるんじゃないか！」

「……っ」

形相が変わったのが自分でもわかった。

人にはそれぞれ、そこをちょっと押されるだけで理性のタガが外れるほどに痛い〝逆上のツボ〟がある。そのツボを容赦なくグリグリ抉って無自覚——それこそが、こいつが〝トラブルメイカー〟たる所以かもしれない……。

だがたったいま秘孔を突かれたばかりの神蔵にしてみれば、それがわかったところで薬にもならない。どくどくと脈打つこめかみを片手で押さえながら、どうやら自分は〝そこ〟がウィークポイントなのだと特定するのでいっぱいいっぱい。

先日も「おまえには関係ないだろ!?」と言われた瞬間に、我慢の閾値《いきち》を超えた。

再会後のシンゴとの微妙な関係は、綱渡りのごとく危ういバランスの上に、かろうじて成り立っている。だからこそ自分は細心の注意を払い、薄氷《はくひょう》を踏む思いで、糸口を探っているというのに。

(それをこの男は……「勝手に」だの「関係ない」だの無神経にバンバン投げつけやがって)

この山ザル……口でわからないなら体に教えてやろうか。

ふつふつと湧き上がる凶暴な衝動に突き動かされ、シンゴに向かって一歩を踏み出しかけた神蔵は、寸前ではっと我に返った。

（待て待て待て）

ここでキレたら先日の二の舞だろうが。

おまえはどうしたいんだ？　失った信頼を取り戻したいんじゃないのか？

そのためにじっくりと時間をかけて、焦らず地道に一歩ずつ距離を――。

「おまえが一方的に距離縮めてきて、八年前に切れていた糸を強引に繋いで……そんで勝手に一人でムカついてんじゃん！　ゲームじゃないんだから！　リセットしたからって元通りになれるわけないだろ⁉」

「よせ……」

懇願も虚《むな》しく、さっきよりも強い力でグリグリと秘孔を抉られる。あまりの激痛に息が止まった。

「こんなの俺は望んでない！　俺はおまえともう一度やり直す気なんかな……っ」

「言うなっ！」

怒号を放って、固めた拳をケージの壁にガンッ！　と叩きつける。

「……っ」

神蔵の剣幕《けんまく》に怯《ひる》み、シンゴが息を呑んだ。直後にエレベーターが左右に大きく揺れる。

「な、なに⁉」

シンゴの悲鳴とパチパチッという火花が散るような破裂音《はれつおん》が重なり、照明がいきなり落ちた。

「うわ、停電！」

ガクンッ！

最後に大きな縦揺れが来て、ケージの上昇が止まる。モーター音も途絶え、漆黒の闇に無気味な静寂が横たわった。

「おい、大丈夫か？」

壁に背をつけて、神蔵は姿の見えない相手に声をかける。

「大丈夫じゃない……真っ暗だし」

泣きそうな声が返ってきた。

「いまに非常灯が点くはずだ」

その予測は当たり、数秒後に非常灯が点《とも》る。ほっと息を吐き、やはり壁に張りついているシンゴと、どちらからともなく顔を見合わせた。

目が合うなり、シンゴが眦をきりきりと吊り上げ、神蔵に指を突きつける。

「おまえ、エレベーター壊しっ……」

「ンなわけあるか！」

糾弾《きゅうだん》の声を遮って操作盤に歩み寄った神蔵は、緊急時用インターフォンのボタンを押した。

「渋谷中央署の3号機だ。いまエレベーターが十三階と十四階の中間地点で停まっている。なにがあった？」

外部の管理センターと直結したインターフォンから、ノイズ混じりの男の声が返ってくる。

『先程の地震の影響で、全機、緊急停止中です』

どうやら一回目の横揺れは地震だったようだ。

『申し訳ありませんが、しばらくエレベーター内部での待機を願います』

「しばらくってのはどの程度だ？」

『現段階ではなんとも……復旧の目処《めど》がつき次第連絡いたしますので』

そうとしか答えられないのだろう。地震のせいだとなると、おそらく渋谷区内だけでも相当数のビルのエレベーターが停まっているはずだ。

ボタンに指を添えたまま神蔵が振り返ると、シンゴが呆然とした表情でつぶやく。

「……マジかよ？」

降って湧いた災難がにわかには信じられないといった驚きと、不運な自分に対する嘆きが入り交じった声。

神蔵も同感だった。

まったくなんて日だ……。

3

「……にしてもいくら怪力だからってエレベーターぶっ壊すかねー」

ケージの隅にしゃがみ込み、膝を抱えたシンゴが、聞こえよがしな独り言を発する。

「だから壊しちゃいねえって言ってんだろ。たまたま俺の拳が入ったのと同じタイミングで地震が起こったんだって、何度説明したらわかるんだ、おまえは」

シンゴとは対角線上の隅に胡座を掻いた神蔵は、マルボロのフィルターを噛みつつ、うんざりと答えた。

非常灯以外の電気設備が止まってしまっているせいで、ケージのなかはシンシンと底冷えが激しい。

地上数十メートルの密室にシンゴと二人で閉じ込められて、そろそろ十五分が経過しようとしていた。外部の管理センターからは『いまスタッフがそちらに向かっている』という中間報告があったきりだ。

神蔵から可能な限り距離を取ったシンゴは、先程からスマホを弄ってばかりで顔を上げようとしないが、こちらを警戒しているのは、全身から出ているぴりぴりしたオーラでわかる。そのぴりぴりオーラのせいで、ただでさえ狭くて閉塞感《へいそくかん》漂う空間が、なおのこと息苦しく感じられた。

ストレス解消に一服することも叶わず、解放の目処が立たない苛立ちが、刻一刻と募っていく。いい加減フィルターを噛むことにも飽きて、もう一度管理センターをせっつくかと立ち上がりかけたとき、またもやシンゴのぼやき声が届いた。

「なんか俺さー、最近ついてないんだよね。やたらハプニング続きっていうかさ。——で、いま考えてて気がついたんだけど、それって四ヶ月くらい前からなんだよな」

意味ありげにそこで言葉を切り、ちらっと上目遣いに神蔵を見る。

「つまり……おまえと再会してからってこと」

（まさか……）

いやな予感を覚え、じわりと眉根を寄せる神蔵の視線の先で、シンゴがスマホを弄りながら言葉を継いだ。

「もしかしたら俺、おまえの影響受けてんじゃね？　おまえって昔から災厄を呼び込むタチっていうの？　一緒にいる俺もしょっちゅうとばっちり受けてたじゃん？」

「………」

どっと押し寄せてきた脱力感に足許がふらつき、神蔵はエレベーターの壁面に凭《もた》れかかった。

ごんっと側頭部をぶつけて、そのままずるずるとしゃがみ込む。

（言うか？　おまえがそれを!?）

ここ最近の繁忙期には、だいぶＨＰを削られた。だが、なけなしの気力を根こそぎ奪う破壊力において、やはり、やつに勝るものはなかった。

（言うに事欠いてすべて俺のせいだと？）

ヤンキー座りで、うつろな視線を宙に据える。

じゃあなにか？　ひったくりも、ＪＫモデルのトラブルも、全部俺が呼び込んだって言うのか？　しかも過去のトラブルまで俺のせいだと？

（濡れ衣《ぎぬ》にもほどがあるだろーが）

海馬《かいば》のどこを掘り起こしても、直情径行《ちょくじょうけいこう》なシンゴの言動に振り回された記憶はあれど、こちらが振り回した記憶は見つからない。

十二の春に出会ってから道を分かつまでの六年間、神蔵のロジックは、ツメは甘いが勢いだけはあるシンゴの感情論に、ことごとく理不尽な惨敗《ざんぱい》を喫《きっ》してきた。

八年ぶりに再会して、ルックスだけでなく中身も昔のまんま、毛ほども変わっていないと判明した際には目眩《めまい》を覚えた。

またしても、あのはた迷惑な好奇心に振り回される日々が始まるのか？

そして——悪い予感ほどよく当たることを身をもって知った、この四ヶ月……。

なのにシンゴは、すべては俺のせいだと言う。災厄の元凶は神蔵響にこそあるのだ、と。

(……そうなのか？)

寝不足と過重労働に低血糖と低体温がダメージの拍車をかけ、思考力が著しく低下しつつあった神蔵は、襲いかかってきたネガティブの波にうっかり呑み込まれた。

ひょっとしたら、そうなのかもしれない。

あの夜——決別へのトリガーを引いたのは自分だ。再会のあと、偶然の細い糸をたぐり寄せたのも自分。相手の拒絶を承知で、リセットボタンを押した。

一度壊れてしまったものが、ふたたび同じ形に戻ることはないと知っていたのに。

「……俺が悪いのかもしれねえな」

ぼそりと落とした低音に、少しの間《ま》を置いてシンゴの訝しげな声が返る。

「さっきの揺れで頭でも打ったか？」

「俺と再会しなけりゃおまえは春とも知り合っていない。従って、いまここにもいなかった。たしかにそう考えれば、おまえがここに閉じ込められている起因は俺にある。……そうだ。俺が悪い。地震も緊急停止も日本の高齢化も少子化も待機児童も……なにもかも俺が……」

頭を抱え込んでネガティブの海を漂っていた神蔵は、対角線上にいたはずのシンゴが四つん這いで距離を詰め、いつの間にかすぐ側まで来ていたことに気づかなかった。

出し抜けにぱしっと肩を叩かれ、のろのろと顔を上げる。至近距離から、不思議な色の瞳が睨みつけてきた。

「なにキャラに合わない反省なんかしてんだよ、ばか」

形のいい唇をツンと尖らせて悪態をつく。

「ぜんぜん似合わないし、自責の念で落ち込むおまえとか薄ら寒いわ」

いつもなら即反撃するところだが、立て続けの攻撃で弱っているいまはその気力もなく、神蔵はゆるゆると首を横に振った。

「似合うとか寒いとかの話じゃない。いいから構うな。しばらく一人にしておいてくれ」

言うなり床に尻をついて片脚を投げ出す。壁に背中を預け、天井を仰いだ。

どれくらいのあいだ、魂《たましい》を飛ばしていたのだろう。

ふと、左の二の腕に人間の重みを感じた。天井から視線を転じて見ると、やはり片脚を投げ出したシンゴが、細い肩を神蔵の二の腕に預けている。

（シンゴ？）

なめらかな額のラインと少しだけ上を向いた鼻。長いまつげ。伏し目がちの横顔からは、表情は窺えない。その唇も、なにも言葉を発さない。

なのになぜか、体だけでなく、心まで寄り添われているような気がした。

「なあ」

視線の先の唇が小さく開く。

「こうしていると思い出さない？　寮に入ったばっかの頃……俺、ホームシックが激しくてさ。夜中にベッドでめそめそ泣いてたら、おまえが寮の屋上に連れていってくれたよな。二人で毛布にくるまって、肩寄せ合って星を眺めて……」

シンゴの囁きが呼び水となり、神蔵の脳裏にも忘れかけていた記憶が蘇ってくる。

父親に疎《うと》まれて厄介払いされた自分とは異なり、家族に愛されて育ったシンゴは、その家族と離れて暮らすのが寂しかったんだろう。昼は小ザル並にキーキー元気にしていても、夜中になると毛布のなかで泣いていることがよくあった。

寮が寝静まった頃、神蔵はシンゴを連れて部屋を抜け出し、屋上に上がった。屋上のドアの鍵は針金一本で開けることができたし、山奥の学校だったから、上空を遮るものはなにもなかった。

――すげー。すげー！　星がいっぱい！　降ってきそう！

初めて屋上に上った夜の、シンゴの興奮した声をいまでも覚えている。

――だろ？

少し得意げな自分の声も。

天然のプラネタリウムさながら星が瞬く夜空に、シンゴの涙もいつの間にか乾いて——。

「そんな昔のこと……よく覚えていたな」

思わず感慨深い声が出た。シンゴは自分との思い出など、すべて捨ててしまったと思っていたからだ。

一瞬の息を呑む気配のあとで、躊躇いがちにシンゴがつぶやいた。

「……おまえに関する記憶は、いったん封印したんだけどさ」

「………」

「だけど結局……再会したら芋づる式にずるずる……思い出しちゃって」

本当は思い出したくなかったのに——。

言葉に隠された本音を読み取り、神蔵は声を失った。

わかっていた。シンゴが自分との再会を望んでいなかったことは。ましてや、以前のようなつきあいなどもってのほか……。

「なーんか調子狂うよなー」

重苦しい沈黙を、ややわざとらしいくらいの明るい声が破った。床に両手を突いた猫みたいなポーズで、シンゴが神蔵の顔を下から覗き込んでくる。

「どした？　しゅーんとしちゃって、なにも言い返さないなんておまえらしくないじゃん。反省したり、うじうじしたり、落ち込んだり……今更殊勝《しゅしょう》なフリしたって本性バレバレだっつーの。

……ま、俺もちょっと言いすぎたけど。再会してからのあれやこれやを全部おまえのせいって言ったのは語弊《ごへい》があった。それは認める。実際は七対三くらいか？　んにゃ八対二？　九対一？」

配分を真剣に勘案《かんあん》する顔つきが、不意に険しくなった。

「いや……やっぱりおまえが全面的に悪い」

そう決めつけ、唇をきゅっと噛んだと思うと、上目遣いに睨んでくる。

「あんなキ……スするおまえが悪いっ」

責められて、首筋の後ろがちりっと粟立った。

詰《なじ》る言葉を甘く感じてしまうのは、睨みつけてくる瞳が濡れているからなのか。

「……シンゴ」

甘い衝動に唆《そそのか》された神蔵は、細い顧を手ですくい取り、くいっと上を向かせた。大きな目の周囲がうっすらと色づき、潤んだ瞳はゆらゆらと揺れている。

もはや誘っているとしか思えない。ナチュラルボーン小悪魔め。

神蔵は低く苦言を呈《てい》した。

「おまえな……無自覚にしろ、その目はひどいぞ」

「……目？」

薄く開いた唇に吸い寄せられるように顔を近づけ、細い肩を引き寄せる——。

ブーッ。ブーッ。ブーッ。

突如として、無粋《ぶすい》なブザーが響き渡った。

『ただいま安全が確認され、緊急停止システムが解除されました。エレベーターが作動します』

インターフォンから、管理センターの男の声で報告がなされた直後、ケージがウィーンと上昇し出す。やがて最上階のランプが点灯して、ケージが停止した。ドアがスライドして開く。

全開したドアの向こうには、セキュリティー担当者が待ち構えていた。担当者は、ケージの右隅と左隅に不自然なほど離れて立つ神蔵とシンゴを、不思議そうに眺める。

「右の方、顔が赤いようですが……過呼吸やのぼせなどの症状はありますか？」

心配そうに尋ねられたシンゴが、ますます顔を上気させて首を大きく振った。

「だ、大丈夫です。なんでもないです！」

答えるなり、エレベーターを飛び出そうとするシンゴの腕を、神蔵は後ろから摑む。

「待て」

「離せよ！」

その手を荒く振り払い、シンゴが脱兎《だっと》のごとく駆け出した。

「おい、待て！」

「お取り込み中のところ大変恐縮ですが、状況報告書の作成にご協力願えませんか」

セキュリティー担当者に用紙を差し出されたが、それどころではない。

「……あっ、ちょっと！　報告書ーっ」

背後からの嘆願の声をスルーして、神蔵はシンゴのあとを追った。

「シンゴ！　待て、こら！」

追いついたシンゴの二の腕を摑み、ぐいっと引いて回転させる。無理矢理自分のほうを向かせたが、シンゴは頑なに顔を背けた。頰はまだ熱を孕み、ほんのり赤いままだ。食いしばった唇から悔しそうな声が零れる。

「……この、ドスケベッ」

「そうピリピリするな。未遂《みすい》じゃねえか」

「未遂ならいいのかよ！　仮にも刑事が職場で不埒《ふらち》なマネしても!?　えっ」

シンゴにしては至極まともな指摘に、神蔵はカリカリとこめかみを指で搔いた。今回に関しては、ナチュラルボーン小悪魔の誘惑に負けた自分が全面的に悪い。ぐうの音《ね》も出ない。

摑んでいた二の腕を離し、苦しい言い訳をした。

「あのなかじゃ煙草が吸えなかっただろ？　口寂しくてついな。悪かった」

素直な謝罪に、シンゴが意外そうに両目を瞠《みは》る。ほどなくして、拍子抜けしたように体の力を抜いた。

「……俺はヤニの代用品かよ」

「そこのカフェで好きなもん奢ってやるから、機嫌直してくれ」

この際金で済むことならと、大人の打算を働かせる神蔵に、シンゴが容赦なく要求を突きつけてくる。

「メニューのなかでいっちゃん高いやつ」

「よしきた、任せろ」

「スイーツも」

神蔵は鷹揚《おうよう》にうなずいた。

「甘いもんも飲み物も、好きなものを好きなだけ頼め」

シンゴがちらっと横目で窺ってくる。

「なに？　……やさしいじゃん」

「俺は昔からやさしいぞ。所轄内の犯罪者のあいだじゃ『仏《ほとけ》の神蔵』で通ってるくらいだ」

「鬼の間違いだろ」

即突っ込まれたが、だいぶ機嫌が直ったようだと感じる。こういうときは、こいつの単純さに助けられる――なんて心の声が漏れたら、また振り出しだ。

「カフェはこっちだ」

神蔵の誘導に素直に従い、シンゴも歩き出す。

「うお、すげー。渋谷の街がめっちゃ見える」

案内された窓際の席は、渋谷中央署最上階のカフェにおいても、渋谷駅を含む街並みが一望できる特等席だった。

自分の席に座らず、ダウンジャケットも脱がずに、シンゴはガラスに張りついて「それにしても、渋谷ってごちゃごちゃしてるよなー。なんかジオラマっぽい」などとひとりごちている。

冬のおだやかな日差しに照らされた明るい場所で、目をキラキラさせたガキのような横顔を見れば、さっきの自分がなぜ理性のタガが外れるほどこの男にぐっと来たのか……わからなくなる。

（やれやれ）

ふるっと頭を振り、神蔵はジャケットのポケットからマルボロを取り出した。咥えた煙草の先端にジッポーで火を点け、深く吸い込む。咥え煙草で、ネクタイのノットを揺すって緩めた。

「……ふー……」

煙と一緒に、溜めていた息を吐き出す。

揺れる眼差しにくらっと来て我を忘れかけたのは不覚だったが、際どいところでブザーに助けられてことなきを得た。デザートつきのエサの効果か、どうやらシンゴの機嫌も直ったようだし、ひとまず危機は去ったと見ていいだろう。

安堵したとたんに、ハプニングで棚上げされていた空腹感が蘇ってくる。半分になった吸い差しを灰皿にねじ込み、メニューを手に取った。

チキンピカタか、チーズオープンオムレツか、しらすと岩のりのクリームソースパスタか。

ランチメニューの三択で悩んでいた神蔵は、鼻孔が捉えた甘い香りに、ぴくっと肩を揺らす。

「あ～神蔵さん、見ぃ～つけた！　ずっと捜してたんですよぉ～」

振り仰がずとも、独特なイントネーションと、ぷんと香るシャネルのＮｏ．５で声の主を察知して、メニューの陰でちっと舌を鳴らした。

（出たか）

交通課のアイドルこと、通称〝マリリン〟。ちなみに、彼女に往年《おうねん》の銀幕スターを彷彿《ほうふつ》とさせる二つ名を授《さず》けたのは副署長だが、本人もまんざらではないらしい。コスプレよろしく、髪型から真っ赤な口紅から香水まで本家をなぞり、ぱっと見はまさしくマリリン・モンローのフェイクだ。噂によれば、婦警であることを隠して【マリリン】名義のアカウントを持ち、ＳＮＳ界隈《かいわい》でもそこそこ有名人らしい。

さらに言えば「神蔵推し」を公言して憚らない、非公認ファンクラブ『神蔵組』のナンバー３。空気をあえて読まない体当たりアプローチは、当の神蔵がどれほどつれなくしようといっこうにフェードアウトする気配はなく、どころか日を追ってヒートアップしつつあり……。

「どこにもいないから～留置所まで覗いちゃったぁ～」

実際のマリリン・モンローはセックスシンボルのイメージとは異なり、聡明な女性だったそうだが、こっちのマリリンもなかなかどうしてクセモノだ。舌っ足らずなしゃべり方は、容疑者を油断させるテクだと神蔵は睨んでいる。

「もう～どこにいたの～？」

鼻にかかった甘ったるい声に振り返ったシンゴが、婦警の制服を押し破らんばかりの大迫力ボディに、あんぐりと口を開けた。

「地震のとばっちりでエレベーターに閉じ込められていたんだ」

神蔵の返答に、マリリンが胸をぶるぶる揺らして身を捩る。

「ええ～ショックぅ！　誰がそのとき一緒にいたのぉ～!?」

「あ……俺、ですけど」

おずおずと挙手したシンゴのほうを向き、「ずるぅ～い」と真っ赤な唇を窄めた。

「あたしも神蔵さんと閉じ込められた～い！」

「それはまた今度な。――なにか用か？」

ぞんざいに受け流されたマリリンが、「クールすぎぃ～」と身悶《みもだ》える。

「またそこがいいんだけどぉ～。このあいだのね～お礼を渡そうと思って捜してたの～」

「このあいだ？」

「ごちそうしてもらったでしょぉ～？　だからコレ～」

マリリンが豊満な体の後ろから、小ぶりな紙袋を差し出してきた。ハート型のシールやピンクのリボンでラッピングされた紙袋を神蔵に押しつける。

「公休日潰して焼いたんだからぁ～残さずに食べてね～」

最後はつけまをバサバサさせながらウィンクして、タイトスカートで強調したヒップを振り振り立ち去っていった。

「ひゅー……あれが噂のマリリンかー」

下手くそな口笛を吹いたシンゴが、テーブルの上に残された紙袋をじっと見つめる。

「春くんから話を聞いて想像していた以上にキャラ立ってたけど……でもわざわざ手作りするなんて、かわいいとこあるじゃん」

口調は明るいが、顔はぜんぜん笑っていない。神蔵の背中をつーっと冷たい汗が伝い落ちた。ごほんごほんと咳払いをしてから、「あー、なんだ……あれだな。香水のせいか食欲が失せたな」とひとりごちる。

「俺はブレンドでいい。おまえは？」

閉じたメニューを、正面に座るシンゴの顔の前に差し出した。視界から紙袋を隠す意図だったのだが、すげなく手の甲で払いのけられてしまう。シンゴが紙袋に手を伸ばしたのを見て、神蔵は焦った。

「……言っておくが、ごちそうしたっていうのは交通課の婦警の送別会の流れで、マリリンとサシでとかそんなんじゃないぞ」

「誰もそんなこと訊いてないじゃん」

言い訳をぴしゃりと撥《は》ね返される。たしかに訊かれていなかったので、ぐっと押し黙るしかなかった。

「これ、クッキーかなんかかな？　振るとカサカサ音がするけど」

シンゴの作ったような無邪気な声に、尾《び》てい骨がムズムズする。

この感覚は……浮気がバレてじわじわと詰められる……針のむしろ的なアレだ。

（って、なんで俺が婦警とメシ食ったくらいで後ろめたい気分にならなきゃならんのだ）

心のなかから謂《いわ》れのない罪悪感を追い出した神蔵は、「……欲しけりゃやるぞ」と、なかば投げやりに言い放った。とたん、シンゴが責めるような目つきでじろりと見る。

「マリリンはおまえのために焼いたんだぞ」

知らんがな。

「俺が甘いもの苦手なの、おまえも知ってるだろ？」

「あーあー、無粋な男！　女心ってもんがわかってないよなあ」

少なくともおまえよりは百倍わかっている、と言いたい衝動をぐっと堪える。

「あれ？　なんかカードが入ってる……」

袋の口を開き、なかから四角いカードを引っ張り出したシンゴが、次の瞬間フリーズした。

「………」

ゆるゆると目を見開いていく正面の顔に、「どうした？」と尋ねるが、返事はない。いやな予感に腰を浮かせて、神蔵は椅子から立ち上がった。シンゴの後ろに回り込み、手許のカードを覗き込む。

手書きの丸文字を目で追うやいなや、秒でシンゴの手からカードを奪い取った。

カードをぐしゃりと握りつぶし、証拠隠滅《いんめつ》したのちに、おそるおそる友の様子を窺う。無言のまま、シンゴが上半身を捻った。振り向いた顔は能面のような無表情だったが、やがて唇が開き、抑揚《よくよう》のない棒読みでカードの文面を暗唱する。

「【クッキーの次はあたしを美味しく食べてね。ヤ♡ク♡ソ♡ク♡よ♡】」

（ガッデム！）

厄日《やくび》か！　そうなのか!?

絶望的な気分で天を仰ぐ神蔵の前で、シンゴがゆらりと椅子から立ち上がった。

「シンゴ……これにはな、別に深い意味は」

上擦った声のエクスキューズを、極上の笑顔にシャットアウトされる。にこっと微笑んだかと思うと、吐き捨てるように言い放った。

「エロおやじ！」

立ち去ろうとするシンゴの腕を、神蔵はあわてて掴む。

「勘弁してくれ！　また振り出しに戻るのか？　俺にはもはやおまえを宥める気力もいなす体力も……」

「せんぱ〜い！　平間さん！」

後方から届いた自分を呼ぶ声に、神蔵はシンゴの腕を掴んだまま振り返った。カフェの入り口に春畑が立っている。

「捜しましたよ！　さっきそこでマリリンと会って、ここだって教えてもらって」

春畑が子犬のように駆け寄ってくるのを認めて、シンゴが「離せよ！」と神蔵の手を乱暴に払いのけた。ぴしっと爪が当たり、眉をひそめる。

「……いてーな」

テーブルまで来た春畑が、不機嫌オーラを振りまくシンゴと、その横に憮然と立ち尽くす神蔵を交互に見て、小首を傾げた。

「どうかしました？」

「「……別に」」

意図せずハモってしまい、思わず顔を見合わせ、すぐに逆方向に顔を背ける。

「そういえば、これもマリリンに聞いたんですけど、エレベーターに閉じ込められちゃったって本当ですか？　お二人が一緒だといつもハプニングが起きますよね。不思議な化学反応っていうか」

無邪気なコメントに、シンゴがたちまち反応した。

「春くん、一緒にしないでくれる？　アンラッキーの呪いがかかってんのはこいつなんだから」

顎でしゃくられ、神蔵もドスの利いた低音で応戦する。

「根拠のない言いがかりはやめてもらおうか。まさかと思うが、トラブルメイカーの自覚がないのか？」

「はっ？　おまえと再会するまで、平穏無事な人生でしたけど？」

「それはこっちの台詞だ」

「ストップ！」

春畑の声が響き渡った。

「はい、離れて、離れて」

本日二度目の仲裁に入った春畑が、慣れた手さばきで、いがみ合う神蔵とシンゴを引き離す。

そうしてから、自身はシンゴに向き直った。

「平間さん、お待たせしちゃってすみませんでした。雑用は済ませたので、今度こそ落ち着いて打ち合わせができます。ささ、ぼくのデスクに移動しましょう。――あ、先輩は署長が捜していましたよ」

「署長が？」

シンゴの背中を押しながら、春畑が「急いだほうがいいんじゃないですか」と忠告を寄越す。

「署長直々の呼び出しなんて、いやな予感しかしませんもんね」

4

重厚な木製の扉を三回ノックする。

「神蔵です」

「入りたまえ」

室内からのいらえを待って、神蔵は署長室の扉を押し開けた。

「失礼します」

「待っていたよ、神蔵くん」

大きな窓を背にするように配置されたデスクから、濃紺の制服姿の中年男性が立ち上がる。渋谷中央署の署長だ。

きっちりと撫でつけられた髪には、年齢相応に幾筋か白いものが混じっている。銀縁の眼鏡が相対する者に知的で落ち着いた印象を与える一方で、肌はこんがりと褐色《かっしょく》だった。警察署の署長ポストにつく者には、政治力や調整力が必須。官庁のお偉いさんとの接待ゴルフも、重要な職務のうちだ。

「座ってくれ」

神蔵にソファを勧めると、自身も応接セットに歩み寄り、対面の肘掛け椅子に腰を下ろした。

「忙しいところ悪かったね」

「署長直々の呼び出しは不吉だと春畑のやつに脅かされて、あわてて走ってきましたよ」

神蔵の軽口に柔和な笑みを見せた署長が、向かい合った部下の顔をしばらく眺め、おもむろに口を開く。

「今朝方、警察庁でお父上にお会いしたよ」

脊髄反射で、ぴくっと眉尻が動いた。父親の話題に、無意識に顔が険しくなった自覚があったが、これぱかりはどうにもならない。

(これでは、シンゴの大人げないリアクションを笑えないな)

苦い思いを嚙み殺して、意識的に無表情の仮面を貼りつけた。レンズの奥からこちらのリアクションを窺う視線を意識していると、署長が尋ねてくる。

「実家には、ずいぶんと長く帰っていないようだね？」

おだやかな物言いに促され、神蔵は少し肩の力を抜いた。ローテーブルを見つめて、「そうですね」と肯定する。

「横浜《よこはま》に戻ったのは、兄の七回忌が最後です」

「神蔵――いや、響くん。私はきみのお父さんには大変お世話になった。独身時代は横浜のお屋敷にもよく寄らせていただいて、きみのことも子供の頃から知っている。それもあって、きみに対しては部下というより、身内に近い感覚を持っているんだ。だからこそ、きみたち親子がお互いを傷つけ合うのを見るのは忍びない……」

嘆きが含まれた声音にも、神蔵は視線を上げなかった。

「そろそろ、お父さんを許してはあげられないのかね」

「署長」

ようやく顔を上げた神蔵は、かつて孤独な子供だった自分の、数少ない遊び相手の一人であった男と目を合わせる。

「四年前、警察学校を卒業した俺を渋谷中央署に迎え入れてくださった署長には、心から感謝しています。おかげで俺は『神蔵』の名前に囚《とら》われることなく、一警察官として業務に勤《いそ》しめた。けれど、この件に関してだけは――」

そこで一拍置いて、言葉を継いだ。

「たとえその恩義に背く行為だとしても、どうしても譲れないんです」

きっぱり言い切ると、あらかじめ神蔵の返答を予測していたのか、男はさほど気落ちした様子も見せずに、「……そうか」とだけ応じて、椅子から立ち上がる。自分のデスクに歩み寄り、A

4サイズの封筒を手にして引き返してきた。

「お父上から預かったものだ」

「親父から?」

訝しげに受け取って、封筒の口を開く。だが、抜き出した書類の束の一枚目に、『国家公務員試験一種　試験要項』という文字を見るなり、眉間に皺を寄せた。

(昔はまるで「そこに存在しないように」扱って、一顧《いっこ》だにしなかったくせに……兄貴がいなくなったとたんに手のひら返しやがって……クソジジイ)

息子の出世なんぞに執着する暇があったら、その粘り腰を有効活用して、未解決事件の陣頭指揮に立つほうがよっぽど世のため人のためになる。

「せっかくですが、受け取っても即行でダストボックス行きだ」

唇を歪ませて封筒を押し返す神蔵に、今度ははっきりと失意の色を浮かべた男が尋ねてきた。

「どうしても、キャリアに進むのはいやなのかね?」

「………」

「私はね、響くん。きみがこのまま所轄の刑事で終わるというのは、警察組織にとっても損失だと思っている。これはお父さんの意向とは別に、私の個人的な見解だ」

「そう言っていただけるのは非常にありがたい……ですが」

「私は残念ながら力が及ばなかった。お父上の力添えがなければ、この部屋にデスクを持つこともかなわなかっただろう。ノンキャリゆえのジレンマは、ひととおり味わってきたつもりだ。できればきみには、同じ苦しみを味わってもらいたくない」

「……署長」

実の父親より、よほど情の深い言葉に心のなかで感謝する。その上で、神蔵は恩人の希望を打ち砕いた。

「俺が警察官になったのは、今際《いまわ》の際《きわ》の兄に頼み込まれたからです。――結果的に、それが遺言となった。兄の殉死《じゅんし》という不幸なアクシデントが起こらなければ、お気楽な次男坊は今頃、建築家を目指して修業中だったでしょう。警察官になるルートが決まってもなお、未練がましく大学は工学部の建築学科に進んだくらいですから」

感情的にならないよう、あえて淡々と告げる。

「警察官はガキの頃から一番なりたくない職業だった。外では法の番人を気取っておきながら、内では家族間の揉めごと一つ解決せずに逃げる――親父のような人間にだけはなりたくないと思っていた」

「………………」

「ですから正直、警察学校にも義務感だけで行ったようなものです。同期の誰よりも志気の低い、いま思えば最低な学生だった。及第すれすれで卒業こそしましたが、先々、警察官である自分に自尊心を抱けるとも思えなかった」

「……響くん」

鬱屈《うっくつ》した感情を抱え込み、殺伐とした〝気〟を振りまいて他者を寄せつけなかった――そんな自分を引き受け、陰日向なく見守り続けてくれた男に、神蔵は改めて視線を据えた。

「ここに配属されて、初めて部下としてこの部屋を訪れた際、署長に『いずれわかることだが、報われることはそう多くないと心して欲しい』と釘を刺されました」

当時のやりとりを思い出したのか、署長が首肯《しゅこう》する。

「署長の言葉は正しかった。たしかに、現場の仕事は煩雑《はんざつ》で、徒労に終わることが多い。過重労働が当たり前のブラックだし、ひとたび帳場《ちょうば》が立てば、まともなメシにありつくことも、寮に戻ることもままならない。捜査現場には厳然たるヒエラルキーが立ちはだかり、所轄は本庁の犬扱いだ。志《こころざし》や正義感なんて、組織の壁の前にはクソの役にも立たない」

警察組織を公然と非難する神蔵に、目の前の顔が曇った。

「それでも、いまの俺は、所轄の刑事である自分が嫌いじゃない。警察に足を運ぶ人間は、必ずトラブルを抱えている。そのトラブルを完全には解決できなかったとしても、負担を軽くするための手助けはできる。自分の行動によって困っている誰かを救えるという実感を、肌感覚で持つことができているからです」

自分に言い聞かせるように低くつぶやくと、神蔵は険しい表情を緩める。ここまでで一番やわらかい口調で、「俺だって、いつまでも四年前のままじゃないですよ」と言った。

「兄の遺言に従う形で警察官になったとはいえ、現実問題、それだけでは日々のハードワークはこなし切れない。親父への反抗心のみで、キャリアのアップグレードを拒んでいるわけでもない。ノンキャリでいるのは、俺には俺の戦い方があると信じているからです。たとえそれが『神蔵』

の流儀から外れるメソッドだとしても」

胸のなかを洗いざらいぶちまけた神蔵に、署長がふっと息を吐く。陽に焼けた顔からは、恩人と部下の板挟みで苦悩する、煩悶の感情が消えていた。

「きみの気持ちはわかった。この封筒は私のほうで処分しよう」

すっきりとした声音で、そう請け負ってくれる。

「自分が果たせなかった夢を次世代に託そうとするのは、年を取った証拠かもしれないね。自重しなければいけないな」

自嘲気味にひとりごちた署長が、肘掛け椅子から立ち上がった。

「生活安全課はただでさえ人手不足なのに、長く引き留めてしまって申し訳なかった」

「そう思っているなら、来期の補充はうちを優先してくださいよ」

神蔵も軽いジャブを返して、ソファから腰を上げる。

「心得ておこう」

「ぜひお願いします」

一礼したのちに扉に近づき、ドアノブに手をかけた。すると、背後から声がかかる。

「お父上はこのところ血圧が高いようだ。投薬で安定させているという話をされていた」

「……そうですか」

小さくうなずいた神蔵は、それ以上のコメントは残さずに署長室を辞した。

署長室を辞した足でエレベーターを使い、生活安全課のフロアがある階まで下りる。

エレベーターホールから廊下に出た神蔵は、そこで歩を止めた。デスクがあるオフィスは右折した先にあるが、ふと思い立って左向きに回転する。

視界に映り込む光景は数時間前と同じ——いや、それ以上だった。

ラリッたような奇声を発しているドレッドヘアの男、見るからにチンピラ風の客引き、新たに保護されたJKのグループ、荒ぶるヤンキー、素性怪しげな外国人の集団。そんな彼らを保護、もしくは連行する警察官、婦警、刑事。多種多様な人間が入り乱れる廊下に、怒声、わめき声、外国語の叫び声、携帯の着信音が響き渡る様は、まさしくカオスだ。

「…………」

つい先程署長相手に「所轄の刑事である自分が嫌いじゃない」と言い切ったものの、目の前の光景の煩雑さにはやはりうんざりする。

神蔵が所属する生活安全課は、強盗、空き巣、引ったくり、万引き、サイバー犯罪、少年犯罪、家出案件、ストーカー、DV、風俗法違反、銃刀法違反、違法廃棄物、振り込め詐欺——人間の生活に密着した事件をまるっと引き受ける、いわば犯罪の〝なんでも屋〟だ。

刑事課のような派手さはないし、組対《そたい》のような荒々しさとも無縁。どちらかといえば所帯じみていて泥臭く、花形部署とは言いがたい。

それでもいま、この場に立つ自分に悔いはなかった。

権威の継承に拘泥《こうでい》する父親には、おそらく一生理解されない選択だとしても。

(ここが俺の主戦場だ)

「物思いにふけるのは勝手だけどさ。できれば廊下の隅っこでやってくんない?」

聞き覚えのある声によって、神蔵は物思いから引き戻された。半身を捻り、いつの間にかすぐ後ろに立っていたシンゴと目が合う。

「トイレに行きたいのに邪魔なんだけど」

クレームをつけられた神蔵は、体を横にずらした。つんと顎を反らして、道を譲った神蔵と擦れ違っていく男に、「春との打ち合わせは終わったのか?」と声をかける。

「まだ」

「あとどれくらいかかりそうだ?」

「さあね」

つれない返事を寄越したシンゴが、洗面所に消えるまで見送って、「さて」と気合いを入れた。

「いよいよ書類の山とご対面といくか」

シンゴと一緒に定時に署を出るためには、あと三時間余りで、溜まりに溜まった書類を片づけなければならない。

踵を返して、新たな戦場であるオフィスに向かって歩き出したときだった。

「離しなさいっ!」

背後で誰かが叫ぶ。若い女の声だ。

ばっと後方を振り返った神蔵の視界に、羽交《はが》い締《じ》めにされた婦警と、彼女の喉許にアーミーナイフを突きつけた若い男の姿が飛び込んでくる。カフェオレ色の肌に逆立ったドレッドヘア。両耳にシルバーのピアス。ついさっきまでジャンキーのような奇声をあげていた男だ。

「脅しじゃねえぞっ！」

声音から推《お》し量《はか》るに、いわゆるバッドトリップでイッてしまっているわけではなさそうだ。目は据わっているが、焦点が合っている。どうやら、さっきまで〝ラリッている〟ように見せていたのは故意——つまり、芝居であったらしい。

「動くな！」

周囲にそう命じて、男は人質を引きずるように壁際へ後退した。

「きゃーっ」

異常事態に気がついたＪＫの一人が悲鳴をあげる。

「なにあの人！　こわっ」

「ナイフ持ってるし！」

「落ち着いて！　慌てないで。大丈夫だから」

「みんなこっちに来て！」

婦警たちが、パニックに陥《おちい》った少女たちを誘導し始めた。神蔵も、廊下にいた警察官や同僚の刑事たちと連携して、部外者をオフィスエリアに退避させる。入れ違いに三人の刑事が飛び出してきた。オフィスに残っていた神蔵の同僚たちだ。先頭に春畑の顔を認める。

「先輩！　なにがあったんですか？」

神蔵から視線を転じて現場を確認した春畑が、ひっと息を呑んだ。春畑の背後に立つ刑事二人も、警察署内の廊下で婦警が人質に取られている——という非常事態にフリーズする。

ついさっきまで人でごった返し、渋谷駅前のスクランブル交差点並に騒がしかった廊下は、気がつけば水を打ったような静けさに包まれていた。廊下に残ったメンバーは、誰しも固唾《かたず》を呑んで、ドレッドと婦警を見つめている。

「この女はルミと交換だ！」

静寂を破るように、ドレッドが声を張り上げた。

「ルミ？」

どこかで聞いた名前だ。

「ほかのやつらは帰したのに、なんであいつだけ留置所なんだよ！」

ドレッドのわめき声に、別の声が重なってくる。

——あたし……ルミっていうんだ。

思い出した。あの娘だ。ＥカップのＪＫ。

となれば、あのドレッドは彼氏のケンジってわけか。

シナプスが繋がった神蔵は、「春」と呼んだ。斜め後ろの部下がすっと顔を近づけてくる。

「今朝方おまえが俺に押しつけた女子高校生を連れてこい。彼女がルミだ」

小声で耳打ちした。

「二係の斉藤《さいとう》さんと一緒にいるはずだ。ついでに、これ以上騒ぎが大きくならないように階段とエレベーターを封鎖しろ」

「了解です」

「階段で行け」

こくりとうなずいた春畑が、そーっと後ずさる。部下の姿が階段に消えたのを確認したのちに、神蔵はドレッド＝ケンジに向かって足を踏み出した。

神蔵の動きに気がついたケンジが、「来るな！」と制止の声を発する。

「止まれ！」

要求どおりに足を止め、両手を挙げて、手のひらを見せた。なにも持っていないことをアピールしたあとで、ケンジに向かって話しかける。

「たったいま、おまえの彼女を迎えに行かせた。どうやら行き違いがあったようだな。保護者が迎えに来ればすぐに帰したんだが」

「あいつのクソ親は、世間体だなんだ気にして警察に来たりしねーよ！」

「なるほど。それでおまえが迎えに来たのか」

「あいつには俺しかいねーし！　俺が助け出すしかねーんだよ！」

キレ気味に叫ぶ男を、神蔵は冷めた眼差しで見据えた。

「仮に彼女がアパートに戻れたとしても、入れ替わりでおまえが留置所に入るんじゃ、意味がないんじゃないのか？」

「うるせえ！　こっちは昨日からずーっと待たされてんだ！　何度も何度も、土下座までして頼み込んでんのに『保護者を連れてこい』しか言わねーし！　親より誰より、俺がルミのことわかってんのに、おまえら警察は未成年ってだけで相手にもしねーじゃんか！」

「警察の杓子定規《しゃくしじょうぎ》な対応にキレたってわけか」

「シャクシ？　ジョウギ？」

ケンジが怪訝な顔をする。

「おまえの気持ちもわからなくはないが、警察官に対する傷害は罪が重いぞ。未成年でも容赦なくムショにぶち込まれる。最短で十年」

神蔵のハッタリに、ケンジがびくっと肩を揺らした。実際には、未成年者が刑務所に入ることはないし、仮に少年刑務所に収監《しゅうかん》されたとしても、刑期は犯した罪によってそれぞれだ。

だが、常識に疎いケンジには、脅しとして充分に有効だったようだ。

「十……年？」

「一つ忠告しておく。聞くところによると、ムショでは若い男というだけでモテモテらしい」

ケンジに語りかけながら、神蔵は囚われている婦警に目配せを送った。

「欲求不満な男たちの性の捌《は》け口になりたくなかったら、所内で一番強い男のモノになるしかない。ボスのイロになれば無闇にマワされることなく……」

「なっ、なんの話してんだよっ？」

ケンジが動揺して身じろいだ——一瞬のチャンスを逃さず、婦警が思いっ切り肘鉄を食らわした。

「ぐっ……うっ！」

肘がモロにみぞおちに入り、ケンジが前屈みになる。その隙に、ナイフを持った手から逃れた婦警が、身を翻《ひるがえ》してどんっと体当たりした。

「うわっ」

吹っ飛んだケンジが壁に強くぶつかり、反動で転んでリノリウムの床にどしんと尻餅をつく。

同僚二人が飛びかかろうとするのを、神蔵は「待て」と止めた。ケンジがまだ手にナイフを持っていたからだ。ルミのためにも、できれば怪我は負わせたくない。

「く、来るなっ」

こちらに向かってナイフを振りかざしたケンジが、尻餅をついたまま、両脚と片手を使ってずるずると後退していく。数メートル下がったところで、すぐ後ろのドアが開き、なかから人が出てきた。

「……えっ？」

洗面所から現れた人物が、足許にいたケンジに躓《つまず》き、バランスを崩して、もつれ合うように床に倒れ込む。

ケンジを確保するタイミングを見計らっていた神蔵は、そのなんとも間の悪い人物の正体に気がついた瞬間、ひやっと背中が冷たくなるのを感じた。

（シン……ゴ？）

頼む。誰か——夢だと言ってくれ。

ぎゅっと目を瞑《つむ》り、悪夢よ覚めろとばかりにカッと見開いたが、現実は無情だった。

「退けっ」

「そっちこそ退けよ！」

ケンジとシンゴが罵り合っている。もがけばもがくほど、余計に体がもつれてしまう二人を視界に映し、神蔵は自分に活《かつ》を入れた。

絶望している場合じゃない。

「シンゴ！　逃げろ！」

指示を飛ばして走り出した。

「な、なに？」

しかし、なにもわかっていないシンゴより、やるべきタスクが明確なケンジのほうが有利だった。絡んでいた脚を解いて体勢を立て直すと、新しい標的に後ろから襲いかかる。シンゴの首を片腕でホールドし、ナイフの刃を喉許に突きつけた。

「近寄るな！　じゃないと喉をかっ切るぞ！」

「………っ」

急ブレーキをかけて、ターゲットの手前で踏みとどまった神蔵の目に、この期《ご》に及んでようやくおのれの境遇《きょうぐう》を自覚したらしいシンゴの、みるみる青ざめていく顔が映り込む。

「わかった」

神蔵は、できる限りおだやかな声音でケンジに話しかけた。

「わかったから、そう熱くなるな。いいか？　早まってばかな真似はするなよ？」

言い含めてから上体を捻り、背後に立つ二人の同僚とさっきまで人質だった婦警に「この場は俺に任せてくれないか」と頼んだ。

「下手に刺激したくない」

ネゴシエーターを買って出た神蔵の要請に、三人がこくりとうなずく。気がかりそうな様子を見せつつも、オフィスに引き上げていった。

ふたたび正面を向いた神蔵は、囚われの友を暗澹《あんたん》たる心持ちで見つめる。シンゴもまた緊張の面持ちで、こちらを見つめ返してきた。

（なぜだ？）

なんでこいつは、狙い澄ましたかのような最悪のタイミングで騒動に飛び込んでくるんだ？

絶望的な気分で自分に問いかけ、ほどなく答えを悟る。

これまでは、シンゴの身の程知らずの言動がトラブルの元凶だと思っていた。

だとすれば、根気強く教育的指導を行っていけば改善の余地アリと——そう希望を持っていたのだ。

だが違った。こいつはみずからアクションを起こさなくても、ただそこにいるだけで災厄をバキュームよろしく引き寄せるのだ。

（……甘かった）

トラブルメイカーの底知れぬポテンシャルに、神蔵は慄然《りつぜん》とするしかなかった。

5

後方から届いた春畑の声で、我に返った神蔵は、手放しかけていた自制心をかろうじて取り戻した。

「先輩！」

「連れてきました」

階段を駆け上がってきたのか、息の荒い春畑が、片手で摑んでいるルミの腕を引っ張る。

「なんなのよ！　もう、痛いじゃん！　離してよ！」

春畑にキレまくっていたルミだったが、神蔵に気がつくと表情を一変させた。

「あーっ、刑事さんだ！」

喜色《きしょく》を浮かべて神蔵に抱きつこうとしたとき、「ルミッ」と名前を呼ばれる。くるりと振り返ったルミが目を丸くした。

「えっ……ケンジ!?」

「ルミーッ！」

「って、ここでなにしてんの？」

「おまえを迎えに来たらしいぞ」

神蔵の説明に、「うっそー」とうれしそうな顔をしたが、すぐ怪訝そうに首を傾げる。

「でもなんでナイフとか持ってんの？　あとなんであのきれーなお兄さんといちゃついてんの？」

「いちゃついてるんじゃない。おまえの彼氏はあいつを人質にしているんだ」

「人質って……え？　じゃあ、ケンジ犯人なの？」

「そういうことになるな」

「うっそ、信じらんない！　ばかじゃないの!?」

苛立った声を出して駆け出そうとするルミを、神蔵は腕を摑んで引き留めた。引き戻されてもなお、ルミはケンジのほうに身を乗り出して叫ぶ。

「ばかケンジ！　なんでそんなばかなのよーっ」

罵倒《ばとう》されたケンジの顔色が変わった。

「ばかばか言うな！　俺はおまえのためにっ」

「だってばかじゃん！　信じらんないくらいのばか！　頭悪すぎっ」

「ンだと!?　せっかく迎えに来てやったのに、このアマッ」

殺気立ったケンジの手が震え、ナイフの刃がシンゴの首筋を掠める。

「……つ……っ」

シンゴが顔をしかめ、神蔵は獣のように低く唸った。

「おい！　そいつに掠り傷一つでも負わせてみろ。……ただじゃおかねえぞ」

殺気立った神蔵の恫喝《どうかつ》にケンジが凍りつき、春畑があわてた様子で「脅してどうするんですか？」とたしなめてくる。

「説得してくださいよ、説得！」

「そうだ、そうだ。煽るな、ばか！」

自分の置かれた境遇を棚上げして野次《やじ》ってきたシンゴにカッとなり、「おまえは黙ってろ！」と怒鳴り返しそうになるのを堪えた。

（サルの挑発に乗ってる場合じゃない）

一刻も早くこの茶番劇に幕を引かなければ、定時までに書類の山が片づかない。

逸る気持ちに追い立てられ、神蔵は摑んでいるルミの腕を持ち上げた。

「よし、条件は揃った。人質と彼女をとっとと交換するぞ」

「あたしはやだから！　あんなばかのところに行かないから！」

空気を読まないルミの爆弾発言に、ケンジの眦が吊り上がる。

「なんだと？」

「あたし、刑事さんがいいし！」

彼氏の気も知らず、ルミが神蔵の腕にしがみついた。

「待て。話をややこしくするな」

「こっ、このクソビッチ！　もうその刑事とヤッたのか!?」

「冷静になってよく考えろ。仮にもここは警察署だぞ？」

神蔵がケンジを説き伏せようと言葉を紡ぐと、関係ないシンゴが「はっ」と鼻で笑う。

「おまえが場所を選ぶタマかって」

「……なんだと？」

「先輩、冷静に！」

必死に諌める春畑の声は、忍耐の糸がぶつっと切れる音に掻き消された。

「よくもそんな口がきけたな」

腕に絡みつくルミを引き剝がし、シンゴに向かって凄む。憤怒《ふんぬ》のオーラを長身から立ち上らせ、ゆらりと足を踏み出した神蔵に、ケンジが「ち、近寄ってくんな！」と怒鳴った。

「うるせえ、ガキは黙ってろ。こっちはそこのサルに話があるんだ」

「誰がサルだ！」

キキーッと歯を剝くシンゴを、底光りのする双眸で睨みつける。

「おまえのほかに誰がいる？　人質の分際でキーキーキーキーわめきやがって」

「これ以上近寄ったらマジでやるぞ！　脅しなんかじゃねえからな！」

唾を飛ばしながら叫んだケンジが、シンゴの喉許にこれ見よがしにナイフの先端を突きつけた。

ちっと舌打ちをした神蔵は、ついさっき突き放したルミの手首を摑んでたぐり寄せると、そのままケンジのほうへ押しやる。

「ほら、やるから連れていけ」

背後で春畑が「せんぱーい！」と泣きそうな声を出した。

「無茶しないでくださいよ～」

「だからあたしは行かないってば！」

拒否る彼女を、ケンジが困惑した表情で見つめる。

「なんだ？　まだほかに条件でもあるのか？　アシか？」

せっつく神蔵にますます混乱したらしいケンジの目が、忙しなく瞬いた。

「早く言え！」

「え？　あ……じゃ、じゃあ車」

「わかった。覆面《ふくめん》パトで送ってやるから住所を言え」

「さ、三軒茶屋《さんげんぢゃや》」

聞くなり、神蔵は春畑を振り返る。

「三茶《さんちゃ》まで一台覆面を出してやれ」

直属の部下が、はーっと深いため息を吐いた。

「もう……知りませんからね。始末書は先輩が書いてくださいよ？」

念を押してから、頭を振り振り、その場を立ち去る。

「刑事さん……ほんとにいいの？　このままケンジを逃がしちゃって」

神蔵と春畑の会話を受けて、ルミが真顔で問いかけてきた。

「誰かを傷つけた、殺《あや》めたというならアウトだが、現段階ならギリギリ未遂だ。それに、ケンジの言い分にも一理ある。――おまえのことが心配でたまらず、警察署まで身元を引き受けに来たのに不当な扱いを受けた。誰だって人として真っ当な対応をされなければ腹が立つ」

「そりゃそうだけど」

「署内に凶器を持ち込んだのはいただけないが、これに関してはこちらのチェック体制の甘さもあった。反省して二度とこんな真似をしないと誓うなら、彼氏のおまえへの純愛に免じて許してやるさ」

「……でも、ばかだよ？」

「ばかなりに、おまえのことは誰より大事らしい。そう思ってくれる相手は貴重だぞ。自分を一番だと思ってくれる誰かが側にいれば、ほかになにもなくても案外なんとかなるもんだ」

「ほんとに？」

縋るように確認してくるルミに、神蔵は力強く首肯する。

「ソースは俺自身だからな。おまえもデートクラブでオヤジを転がしてる時間があったら、しっかり頭を使って、自分にとってなにが大切か、なにを失ってはいけないのか、きちんと見極めろ」

神妙な面持ちで神蔵の言葉に耳を傾けていたルミが、こくっとうなずいた。そんな自分に対する照れ隠しみたいに、にっと笑う。その背中に手を添えると、神蔵は彼氏に向かって、とんっと押し出した。

「ほら、おまえの大切なものを返してやる。だから――俺の大事なものを返してくれ」

神蔵と少女のやりとりを黙って聞いていたシンゴが、「俺の大事なもの」のくだりでカーッと耳を赤くする。

「な……なに言って……」

狼狽えた声を出すシンゴには構わず、神蔵はケンジの目をまっすぐ見据えた。

「彼女を警察に連れていかれて辛かったんだろう？　それと同じように、おまえがいまナイフを向けている男が傷つくことで、辛い思いをする人間もいるんだ」

「………」

「いっときの衝動によって他人を傷つければ、その咎《とが》を一生背負っていくことになる。そんなつもりはなかったと言っても、罪は罪だ。好きな女がいて、守りたいと思うなら、彼女を悲しませるような行動は慎め」

ケンジの唇がわななき、力を失った指先からナイフが滑り落ちる。リノリウムの床にナイフの柄《え》がぶつかるカーンという音が鳴り響いた瞬間、張りつめていた糸が切れたみたいに、ケンジはうずくまった。脱力したケンジからそっと身を剝がしたシンゴが、床に転がったナイフを拾い上げる。

「ばかばかばかーっ」

神蔵から離れて彼氏に駆け寄ったルミが、その頭をポカポカと殴りながら絶叫した。

「あたしなんかのために人生終わったらどーすんのよ！」

わーんと泣き出したルミがケンジにしがみつき、ケンジもまた顔をくしゃくしゃにしてうおーっと泣き出す。

子供のように泣きじゃくるお騒がせカップルを、やや放心した面持ちで眺めるシンゴに歩み寄って、神蔵は友の手からナイフを引き取った。シンゴが視線をゆっくりと、カップルから神蔵に転じる。

「……誰がサルだって？」

「それについてはあとでゆっくりな」

シンゴの追及を躱《かわ》したところで、白い紙をひらひらとはためかせて春畑が戻ってきた。

「覆面車一台手配しました！　いま地下の駐車場に回しています」

報告した春畑が、抱き合って泣くカップルと無事だったシンゴを見て、ほっと安堵の表情を浮かべる。最後に神蔵を軽く睨みつけ、手許の書類を「はい、これ」と押しつけてきた。

「車両課の山田《やまだ》さんに『タクシーじゃないんだ』ってさんっざんイヤミを言われたんですから、これは先輩マターで処理してくださいよ？」


溜まっていたデスクワークに「始末書」という余計なオプションまで背負い込んだ神蔵が、累《るい》積《せき》した書類との格闘にどうにかこうにか終止符を打つことができたのは、定時を二時間オーバーした八時過ぎだった。

「目の裏側がジンジンしやがる……」

目蓋の上から酷使《こくし》した眼球を指でほぐしつつ、ＰＣの電源を切って顔を上げると、向かい合わせの春畑の席はすでにライトが落ちていた。打ち合わせブースも電気が消えている。神蔵が書類の山と格闘しているあいだに、春畑は退署し、シンゴも一緒に帰宅したらしい。

「……挨拶《あいさつ》もなくとっとと帰りやがって」

部下と友の冷たい仕打ちをぼやきながら、神蔵はトレンチコートを腕にかけ、ブリーフケースを手に持った。課長のデスクを経由して、仕上げたばかりの書類の束をどさっと置く。

「お先」

「お疲れ様っす」

いまだ帰宅の目処がつかない不憫《ふびん》な同僚と挨拶を交わし、オフィスをあとにした。

（さて、これからどうするか）

エレベーターで一階まで下りた段で思案する。

シンゴにフラれたまま、寮に直帰するのはどうにも侘しい。

当初の予定どおり『さくら』に寄って、一杯引っかけていくか。

そう決めてトレンチコートを羽織る。コートのベルトを結んでいた神蔵の動きが、ふと止まった。視界の片隅に、思いがけない人物を捉えたからだ。

「……シンゴ？」

エントランススペースの一角に向かって歩き出す。背の高い観葉植物の陰に、シンゴはひっそりと佇んでいた。

「おまえ……春と帰ったんじゃなかったのか？」

すぐ前で足を止め、意外そうな声を出した神蔵に、シンゴが気まずそうな表情を浮かべる。神蔵の視線を避けるようにじわじわと俯いて、ぼそぼそと低い声を零した。

「おまえが……待ってろって言ったんじゃん。春くんとの用が終わっても帰るなって」

言われてみれば、たしかにそう言った。言ったが、まさか本当に待っているとは思わなかった。

「かなり……待ったんじゃないのか？」

次に口にした問いかけは、不自然に掠れていた。

「……仕事のメール打ったりしてたら、二時間くらいすぐだし……」

こちらも、いまにも消えそうな囁き声が答える。

(二時間も待っていたのか)

シンゴはなんでもないことのように言ったが、いつ来るかわからない相手をあてどなく待つのは忍耐がいる。そう簡単なことじゃない。

解けていたコートのベルトを結び直した神蔵は、「腹が減ったな」とつぶやいた。

「結局昼の奢りの件も流れたまんまだし、おまえもバタバタしていて、一日まともに食ってないんだろう？」

いつもの口調に戻った神蔵を、シンゴがちらっと上目遣いに見る。言われてなにも食べていないことを思い出したのか、こくこくとうなずいた。子供みたいな仕種に片頬で笑い、神蔵は

「『さくら』でいいか？」と確認を取る。

「これから向かおうと思っていたところだ。おまえを連れていけばきっと義姉も喜ぶだろう」


円山町《まるやまちょう》の一角にひっそり佇む小さな割烹《かっぽう》の木戸を開けると、和服の美女が弾んだ声で出迎えてくれた。

「響さん！　平間さんも！　おひさしぶり」

神蔵の兄嫁で、義姉にあたる神蔵さくらは、数年前、実父の引退を機にこの店を受け継いだ。腕のいい板前と二人三脚で店を切り盛りする美人女将《おかみ》に想いを寄せる常連客は少なくないようだが、彼女は夫の殉死から九年の月日が過ぎた現在でも、『神蔵』の姓を名乗り続けている。

「ひさびさにここが開いてる時間に署を出られたんでな。おまけも連れてきた」

「言い方！　さくらさん、おひさしぶりです。あー、やっぱここの雰囲気……落ち着くなあ」

シンゴの感慨深げな声に、さくらが神蔵のコートを預かりながら、「きっと狭いからよ」と笑った。

シンゴと来るようになってからは、ほぼ指定席となっている四人がけテーブルに案内された神蔵は、いつもの席に腰を下ろす。一方のシンゴはバックパックだけを席に置き、「俺、一本仕事の電話してくる」と言い置き、スマホを手に引き返していった。ガラガラ、ピシャンという木戸の開閉音が届くと、ダウンジャケットの背中を見送っていたさくらが神蔵に視線を向ける。

「音沙汰がなかったからどうしているのかと思っていたところ」

「とりあえず生きてるよ」

あえて軽く受け流すと、さくらが「元気そうで安心したわ」と微笑んだ。

「そうそう、先週ね。お義父さんにお会いしてきたの」

「横浜に行ったのか？」

「年越しの準備があったから」

「あいつの呼び出しにいちいち応じなくていいんだぞ」

顔つきが険しくなったのが自分でもわかったが、平然とはしていられなかった。

「そうはいかないわよ。普段の生活は浜《はま》さんにお任せしているけど、年越しの準備まではなかなか手が回らないし。それにお義父さん、最近血圧が高いみたいで……」

それについては先刻、署長からも報告があったばかりだが。

(高血圧ごときで倒れるようなタマか、あいつが)

あのクソジジイは、義姉が再婚しないのをいいことに、無給の家政婦扱いしているのだ。

かつて――すでに結婚の約束をしていた兄とさくらのあいだに、官僚の娘との縁談という横槍を入れ、「神蔵家の長男の嫁には、相応の家の格というものが必要だ」などと言い放ったことなどすっかり棚に上げての手のひら返しに、腹の底から黒い憤《いきどお》りが込み上げてくる。

「義姉さん、もう九年だ。いつまでも兄貴に義理立てすることはない。そろそろ神蔵の家から解放されても……」

苦い声で助言を口にする神蔵に、さくらが首を振った。

「神蔵の姓を名乗ることは、私が望んでしていることなの。良《りょう》くんに義理立てしているわけじゃない……」

伏し目がちにそう言ってから、さらに声をひそめて囁く。

「……他人になってしまいたくないのよ」

それきり黙り込んでしまった義姉から視線を外し、神蔵は上着の内ポケットからマルボロのパッケージを取り出した。一本引き抜いてフィルターを咥える。

この議論はいつも平行線だ。一日も早く新たな幸せを見つけて欲しいと願い、折に触れて義姉に働きかけているのだが……やはりまだ兄が忘れられないのだろう。その思いを利用する父親が腹立たしいが、さくら自身が神蔵の姓にこだわり続けている以上、無理矢理家から引き剝がすこともできない。

「なんとか引き受けてもらえた！」

席に戻ってきたシンゴの明るい声で、気まずさを纏った空気が掻き消される。密《ひそ》かに安堵の息を吐いた神蔵は、ダウンジャケットを脱ぐ男に水を向けた。

「なんの話だ？」

「今日春くんと打ち合わせしたポスターの件だよ。急な話だったし、年末で印刷所も立て込んでるから厳しいかなって思ってたんだけど、受けてもらえてよかった」

神蔵の対面にシンゴが腰を下ろすと、女将の顔に戻ったさくらが尋ねてくる。

「熱燗《あつかん》でいいかしら？　今晩は冷えるものね」

「ああ、二本頼む」

板さんが盛りつけてくれた刺身をつまみに、日本酒でシンゴと乾杯した。熱すぎもせず、ぬるすぎもしない、ちょうどいい温度の辛口の日本酒が、五臓六腑《ごぞうろっぷ》に染み渡る。

蓄積された疲労ゆえか、それともいきなり日本酒で始めたせいか、いつになくアルコールの回りを早く感じた。シンゴも三十分と経たないうちに目許が赤く染まり出す。通常よりハイピッチで杯を重ねたせいかもしれなかった。

徳利《とっくり》を逆さにして振ったシンゴが、「……カラだ」と口を尖らせる。空いた徳利を倒してさくらの姿を捜すシンゴを、灰皿に吸い差しをねじ込みつつ、神蔵は制した。

「おい、そろそろやめとけ」

「まだいいだろー。ケチ」

「よくない。明らかに呑みすぎだ」

「だって、ひさしぶりにさくらさんに会えてうれしいし～」

へらへら笑ったシンゴが、忙しそうに店内を立ち回るさくらの姿を、ぽーっとした目で追う。

「いいよなー、着物が似合う女の人って」

〝憧れの女性教諭を見つめる小学生〟にしか見えない横顔に、神蔵は唇の片端を上げた。

「よせよせ。あいつはおまえの手に負えるような女じゃねえぞ」

茶化《ちゃか》したつもりはなかったが、正面を向いたシンゴはむっとしている。

「うっせーな。ただいいなーって思うだけなら自由だろ?」

「まさしく小学生レベルだな」

さくらへの思慕が恋愛の域に達していないとわかっていても、つい底意地の悪い言葉が出た。

「お、俺は……おまえみたいにのべつまくなしにサカったりしないんだよ!」

「むしろサカられちゃうほうだからな」

なに食わぬ顔で駄目押しする神蔵を、シンゴが赤い目で睨みつけてくる。

「おまえが言うな!」

ばんっとテーブルを叩いて怒りを表明する動作が、どことなく覚束ない。

どうやら見た目以上に出来上がっているようだ。日本酒で体はあたたまったし、腹具合もほどよく落ち着いたし、そろそろ引き上げ時か。

マルボロのパッケージとジッポーを内ポケットにしまい込み、神蔵はさくらに向かって片手を挙げた。

「義姉さん、勘定《かんじょう》」


支払いを済ませて引き戸を開けると、一足先に店を出ていたシンゴが、足踏みをしながら待っていた。

たなびく息が白い。細いせいか、ダウンジャケットを着込んでいても寒そうだ。手袋をしていないからかもしれない。

「寒ぃ……」

横に並んだとたん、ぶるっと震えたシンゴの手を取り、神蔵はトレンチコートのポケットのなかに引き入れた。

ムキーッと抵抗されると思っていたが、予想に反してサルは大人しい。ポケットのなかで互いの指を絡ませ、いわゆる恋人繋ぎをしても、いやがらなかった。そのまま歩き出す神蔵と一緒に、ふらふらと歩き出す。

「……シンゴ」

数メートル、人気のない裏路地を肩を寄せ合って歩いたところで、神蔵は足を止めた。

「おまえ、相当酔ってるだろ?」

「酔ってる? ……のかな」

「おそらくな。いつもこれくらい従順だと楽なんだが」

本音を漏らす神蔵の手を、シンゴがきゅっと握ってくる。

「おまえの手って……でかくて熱いよな。ぎゅってすると、すっごくあったかい」

そんな男殺しの台詞を口にして、なおさら甘えるように側頭部を肩にすりすりと擦りつけてきた。

「――待て」

神蔵は、じわりと眉根を寄せる。

「いまここにいるおまえはおまえであっておまえじゃないのか？」

「意味わかんない」

「俺もわからん……くそ」

険しい表情で吐き捨てるなり、絡み合っている指を解いて、シンゴの手を離す。

「あっ、やだ」

「かわいい声出すな」

「手が冷たいよー」

「我慢大会かっ！」

夜空に吠えて、一人歩き出そうとした刹那、背中にどんっと衝撃を受けた。

「勝手に行くなよ！」

抱きついてきたシンゴが叫ぶ。

「おまえってずるい……」

「………」

「いつも先に行っちゃうじゃんか！　いつだって……俺を置いて……一人で」

かすかに呂律の怪しい、けれど必死さは伝わる声音が訴えてきた。

「……酔っ払いが」

舌打ち混じりに低音を落として身を返す。ダウンに包まれた二の腕を掴み、手荒く引き寄せた。熱っぽく潤んだ瞳と目が合う。

「ひび……」

薄く開いた唇から息がたなびく。

少しずつ顔を近づけていき、白い息ごと、唇で包み込んだ。

「き……ん、ぅんっ」

唇を重ねたまま、歯列を乱暴にこじ開ける。熱く濡れた口腔内に押し入り、逃げを打つ舌を舌で搦《から》め捕《と》った。はじめは萎縮して縮こまっていたが、さほど時を置かずに強ばりが解け、おずおずと舌を絡めてくる。

たどたどしい舌の動きを堪能《たんのう》し、甘い粘膜を夢中で貪っているうちに、シンゴの腕が神蔵の腰にそろそろと回ってきた。それに応えるように、抱き締める腕に力を込める。

密着した体から伝わる小刻みな震えに、縛《いまし》めの鎖を引きちぎり、欲望が暴走しそうになる。

どんなに強く抱き締めても、まだ足りない気がした。

もっと。もっと。

この腕のなかの愛しい生き物を、揺るぎなく自分のものにしたくて。

いまだに飼い馴らすことができない獣が枷を破って暴れ出す――寸前、かろうじて理性の手綱を引き寄せる。

唇の交わりを解き、断腸《だんちょう》の思いで、神蔵はシンゴの痩身《そうしん》を引き剝がした。

ふーっと大きく息を吐くと、二の腕を両手で摑み、どこか頼りない表情に語りかける。

「そう無防備に自分のキャパシティを超えて呑むな。悲しいかな、この世は善人ばかりじゃない。なかには酔いにつけ込むタチの悪い輩《やから》も……」

言い聞かせる声が、ふと途切れた。

言葉の意味を理解しているのか、いないのか。

ただじっと、幼子のように見上げてくる澄んだ瞳。

「………っ」

胸の奥からぶわっと、切ないような、爪で掻きむしりたいような感情が込み上げてくる。堰《せき》を切り、自制心を押し流す激情の奔流《ほんりゅう》が溢れ出してきて、神蔵はふたたびシンゴを抱き締めた。

力加減のない抱擁《ほうよう》に、細い体がしなる。

こんなふうに抱き合ったことも、明日には覚えていないのだろう。一眠りすれば、忘れてしまうに違いない。

けれど、自分は違う。

唇の熱、吐息の熱さ、この腕で抱き締めた感触は消えない。

物理的な距離を置き、八年以上の年月をかけても、どうしても消すことのできなかった——あの夜の記憶のように。

「……シンゴ」

自分の弱さが壊してしまった愛しいもの。大切な絆。失ってから知った……その重み。

それでもいつの日か、戻ってくるのだろうか？

粉々になったカケラを一つずつ拾い上げ、丁寧に貼り合わせていけば——あの頃みたいに笑い合える——そんな時間が。

（もう一度……）

「——行くぞ」

もはやぐったりと寄りかかるだけの体を支えて歩き出した神蔵は、この先の日々を思った。

今日一日で思い知るまでもなく、自分という人間はついていない。それは認めよう。

トラブルメイカーと肩を並べて歩く限り、待ち受けているのは、波乱に満ちた忙しない日常だ。

「だが……それも悪くはないさ」

負け惜しみのごとくひとりごちた神蔵は、傍らのぬくもりを噛み締めるようにゆっくりと、駅に向かう坂道を下り始めた。

春畑俊の誓い

タフ2巻収録「Act.3 ダブルトラブル」の裏話。響の後輩にして部下である春くんの目から見た響とシンゴの関係。

「ちょっとぉ、どーゆーことなのよ⁉」

「なんでよりによってあわただしい年末に？」

「寮をいきなり出るなんて。なんでなの〜？　神蔵《かみくら》さぁ〜ん」

時節は、先生も犯罪者も警察官も走る師走《しわす》。

処《ところ》は、渋谷中央《しぶやちゅうおう》署五階の一角にある給湯室。

女子署員の溜まり場と悪名高い三畳ほどの細長いスペースにて、奥の壁に追いつめられた春畑《はるはた》俊《しゅん》は、首をぶんぶんと横に振った。

「そ、そんなこと、ぼくに訊《き》かれたってわかりません」

「アンタね、わからないで済むと思ってんの？　三時のおやつの配給、なんのためにアンタだけいつもオマケしてたと思ってんのよ？　アタシら『神蔵組』は、万が一の非常事態に備えてアンタを餌《え》づけしてたんだからね」

署内に三十人近い構成員を持つ『神蔵響《ひびき》親衛隊』またの名を『神蔵組』。組織のナンバー2こと——元ヤンを公言して憚《はばか》らない生安二係の婦警・通称〝姉御《あねご》〟に凄まれて、後ずさろうにもそのあとがないことに気がついた春畑は、自分の前に立ちはだかる制服姿の女子署員三人を涙目で見つめ返した。こういった落とし穴があるから、おやつといえどもワイロを受け取ってはいけないのだと、今更倫理観を取り戻してももちろん遅い。

「そんなふうに黒目がちな目をうるうるさせても駄目。いい？　あなたも刑事の端《はし》くれなら、神蔵さんの突然の引っ越しの理由くらい探り出しなさいよ。年中一緒にいるんだから、内偵《ないてい》のチャンスはいくらでもあるでしょう？」

『神蔵組』を束ねるリーダー——総務課の才媛・通称〝女史〟の言葉に、残りの女子二人も深々とうなずいた。

「さ、探る？」

（プライベートを探るだなんて、そんな上司を売るような真似……）

考えただけで下がった血の気が、不意に押しつけられたやわらかい胸の感触に、一転してカーッと上昇する。

「春《はる》く〜ん、おねがぁ〜い！　探って探ってぇ〜！」

鼻にかかった甘い声でグイグイ巨乳を押しつけてくるのは、交通課の通称〝マリリン〟。『神蔵組』のナンバー3にして最終兵器。

「あ〜ん、神蔵さんについに女できちゃったのかもぉ〜とか思うと夜も眠れな〜い！」

「いきなり弱音吐いてんじゃないよ。言っとくけど、アタシはこの勝負降りる気はさらさらないからね。女ができたなら闘って奪い返すまでよ」

「元ヤンはそうやってすぐ戦闘モードに入るから困るのよね。こういうときこそ頭脳戦よ。この坊やからの情報を元に、破局《はきょく》に導く策をじっくり練《ね》るの」

「あ、あのお……」

「どんな女なのぉ〜？　このあたしよりかわいいなんて信じられない〜!!」

「だからいつも言ってるじゃん。神蔵さんはアンタみたいなおっぱい星人は守備範囲外なんだって。あの人はね、スレンダーで強い女が好みなのよ」

「細かろうと太かろうと、知性がなくちゃ。あの人は、ぜったい知的な大人の女がタイプよ」

「あ、あのですね……」

「姉御はぁ〜、スレンダーっていうより筋張ってる〜？」

「ちょっとマリリン、このアタシにマウント取る気？　上等じゃないのさ」

「や〜ん、署内暴力はんた〜い！　きゃ〜刑事さん助けて〜！」

口を挟む隙を与えられないまま、ダイナマイトボディに抱きつかれた春畑が、目を白黒させて固まっていると、女史がマリリンの首根っこを摑んで引き剝《は》がしてくれた。

「あんたたちはまったく……内輪モメしている場合じゃないでしょう？」

ため息混じりに二人を諭《さと》し、くいっと眼鏡のフレームを人差し指で持ち上げた女史が、いよいよ壁に張りつく春畑に視線を向ける。

「特命は理解したかしら？　ことと次第によっては渋谷中央署の全女子署員を敵に回すことになるからそのつもりで。進捗《しんちょく》はグループメッセージにて随時報告すること。――了解？」

腰に手を当てた女史の、レンズ越しにも鋭い眼光に射《い》すくめられ、春畑は声もなくこくこくとうなずくしかなかった。

三者三様の烈女《れつじょ》から解放されたものの――退署後、渋谷《しぶや》駅に向かって歩く春畑の足取りは、砂袋をくくりつけられたかのように重かった。

（勝手に特命とか言われても……）

直属の上司である神蔵から、引っ越しの件を伝えられたのは一昨日の夜だ。一日置いた今日、すでにそのネタを入手している彼女たちの情報網もすごいが（どうやら総務の女史から流れたらしい）、裏を返せばそれだけ、引っ越しにかかわる神蔵の手続きが迅速《じんそく》だったという証《あかし》なのだろう。

日頃は書類仕事全般に腰が重い上司の、常ならぬフットワークの軽さに、小さな違和感を覚える。実のところその違和感は、一昨日の夜の神蔵とのやりとり以降ずっと、春畑の心の片隅に居座っていたのだった。

昨日の深夜――。

独身寮の部屋のドアがコンコンとノックされ、春畑が開けると、隣室の神蔵が立っていた。帰宅したばかりなのか、まだスーツ姿だ。無精髭《ぶしょうひげ》&くたびれたスーツ&よれたネクタイでも、しっかり男前。巷《ちまた》に溢《あふ》れる「イケメン」だの「王子」だのとは男としての格が違うので、女子署員たちが血眼《ちまなこ》になるのもわかる。『神蔵組』は、ちょっと行きすぎだとは思うけれど。

『突然だが、寮を出ることになった』

そんなことを考えていたら、持ち前の低音美声でいきなり事後報告され、春畑は驚きに両目を瞠《みは》った。

『出るって、引っ越すんですか!?』

設備が旧式で建て付けも最悪。先《せん》だっては水道管が破裂して床が水浸しになった目黒《めぐろ》寮だが、先日無事に改修工事が終わり、工事期間中はバラバラになっていたみんなも戻ってきた――そんな矢先、あまりに唐突な「引っ越し宣言」。思わず大きな声を出した春畑に、神蔵は『賃貸マンションなんだが、手頃な物件が見つかってな』と言った。

『引っ越し先は？　どこですか？』

署ではコンビ、寮でも隣部屋、それこそ誰より近くにいた上司との突然の別離に、衝撃を受けながら問う。すると神蔵が、なぜかすっと目を逸《そ》らした。眉間に皺《しわ》を寄せて、ぼそぼそとはっきりしない低音で何事かをつぶやく。

『はい？　すみません。よく聞こえなかったんですけど』

訊《き》き返したら、開き直ったみたいに胸を反らし、『神宮前《じんぐうまえ》だ』と答えた。

『神宮前……ですか』

それならば、目黒にあるこの寮からもそう遠くない。少し安堵《あんど》した直後、ふと気がついた。

『あれ？　ってことは平間《ひらま》さんちの近く？』

春畑の確認に、神蔵がぴくっと肩を揺らす。

『まあ……な』

『わー、奇遇《きぐう》ですね。どれくらい近いんですか？　同じ町内だったりして』

『…………』

『え？　そうなんですか？　めっちゃご近所じゃないですか！　まさかマンションが隣同士とか言わないでくださいよ？』

『……隣じゃない』

『はは、そりゃそうですよね。そんな偶然あるわけ……』

『隣じゃあない』

『隣じゃあないって……じゃあズバリ同じマンション？　なんちゃって』

自分で自分の発言に突っ込んでから、つと、眉根を寄せた。やくざが束《たば》になってかかってきても動じない強面上司の目が泳いでいたからだ。

『え？　まさか……』

瞠目《どうもく》する春畑の視線の先で、ジャケットの内ポケットから煙草《たばこ》のパッケージを取り出した神蔵が、一本引き出したマルボロをお約束のように逆さに咥《くわ》え、ジッポーで火を点《つ》ける寸前に気がついて取り落とした。ちっとわざとらしく舌打ちをしつつ、床から拾い上げる。——それら一連の、絵に描いたような不審な行動に、春畑の背筋を冷気が走り抜けた。

『そ、そのまさかなんですか？　本当にそうなんですか!?』

前のめりになって問い質《ただ》したあとで、はっと我に返る。

目の前の神蔵が、これまで見たこともない表情を浮かべていたからだ。人によっては不遜《ふそん》と受け取られるほど、いつだって威風堂々《いふうどうどう》とした男が初めて見せる——心許ない憂《うれ》い顔。

だがそれもほんの一瞬で、次の瞬間には、居直ったかのように不敵な顔つきをしてみせた。咥え直した煙草に今度こそジッポーで火を点け、深く吸い込む。白い煙を吐き出しながら、『そうだ』と認めた。

『シンゴと同じマンション、同じフロア、隣の部屋だ』

どうだ参ったか文句があるかと言わんばかりに畳みかけられ、春畑はふるふると首を横に振る。

これ以上ヤブをつつけばヘビが出てしまいそうな気がして、喉許まで迫《せ》り上がってきていた「その部屋を選んだのはあえてですか?」という問いかけをごくりと飲み下した。代わりに、差し障《さわ》りのない質問でお茶を濁す。

『えっと、その……引っ越しはいつですか?』

『年内のつもりだ。可能な限り早く片をつけたい』

年内? 暮れも押し迫った時期になんでまたそんな無理を? 可能な限り早くって、なんだか焦《あせ》っているみたいで先輩らしくないですよ? ――などなど胸に去来《きょらい》するたくさんの「?」をぐっと呑み込んだ。たしかに署内では一番近しい立場ではあるが、プライベートにまで立ち入るのはマナー違反だ。

おのれにそう言い聞かせた春畑は、上司の引っ越し宣言に対して自分が対応できることのみを口にした。

『引っ越し、手伝いますから。日取りが決まったら教えてくださいね』

そのやりとりが一昨日の夜で、二日後の今朝、署内で神蔵と顔を合わせるなり『二十四日はどうだ？』と打診された。クリスマスイブだが、特に予定もなかったのでＯＫし、やはりイベントごとに縁遠そうな同僚に声をかけて頭数を揃《そろ》えた。

（それにしても……決断から実行まで一週間のスピード引っ越しか）

まるでヘビー級からライト級に転向しちゃったみたいな速さだ。

本当にどうしちゃったんだろう。まあ、元来クレバーな人だから、その気になればこれくらいの段取りは苦でもないんだろうけど。

——あ～ん、神蔵さんについに女できちゃったのかもぉ～とか思うと夜も眠れな～い！

脳裏にリフレインしたマリリンの声に、アスファルトの歩道を見つめていた春畑は、はっと顔を上げた。

（女？）

でも、かれこれ一年近く部下として側《そば》にいるけれど、先輩が女性に入れ込むところなんて見たことがない。いや、女性だけじゃない。決して冷たいわけではないが、誰に対しても一線を引いて、必要以上に踏み込まないいし、踏み込ませない。

そう、自分が知る限り、ただ一人の例外を除いて——。

「春くん！」

ぽんっと肩を叩かれて振り向くと、その「ただ一人の例外」が立っていた。

「平間さん……」

「どした？　なんかぼーっと歩いてたけど」

前に回り込んで、不思議な色の瞳が覗《のぞ》き込んでくる。

小さな顔にバランスよく配置された造作。すべすべでつるつるの白い肌。すらりと長い手脚。ひとつひとつはシンプルなアイテムなのに、彼が身につけるとスタイリッシュに見えるのは、日本人離れしたスタイルがなせる業なのか。

若者が多い渋谷駅前の雑踏のなかにあっても、その存在感は際立《きわだ》っている。

初めて会ったときと同じように、今日もまた春畑は口を半開きにして、平間シンゴに見惚れてしまった。

「春くん？」

つんつんと胸をつつかれ、我に返る。顔がじわっと熱くなるのを意識しながら「す、すみません」と謝った。

「ちょっと……考えごとをしていて」

「そっか」

平間が安心した顔をする。こんなに天使みたいにきれいなのに、そのうえ平間は性格までよかった。やさしくて、思いやり深くて、自分にまで気を遣ってくれる。

「今日はもう上がり？　俺もちょうど打ち合わせの帰りでさ。よかったらメシでも食わない？」

「えっ？　い、いいんですかっ？」

上擦《うわず》った声を出してから気がついた。知り合ってから半年近くになるが、プライベートで二人きりというシチュエーションは初だ。うれしい反面、気後れも感じてしまい、「あの」と口を開いた。

「先輩も誘いましょうか」

とたん、平間がむっとする。

「なんで？　別にあいつは関係ないじゃん」

「あ、そうですよね。先輩は関係ないですもんね」

あわてて自分の提案を却下した。

「えっと──じゃあ、行きましょうか。どこかオススメのお店とかあります？　とりあえず駅の周辺はどこも混んでいるので、もうちょっと離れたところで探しましょうか」

促《うなが》しつつ、こっそり腹のなかで（ヤバかったー）と息を吐く。

そうなのだ。とてもかわいらしくてやさしい人なのだが、なぜか「神蔵響」絡みの案件に関してのみ人格が豹変《ひょうへん》する。

猫がフーッと全身の毛を逆立てるがごとく過剰反応し、子犬のようにキャンキャン吠えまくり、挙《あ》げ句《く》の果ての暴走……。

詳しいことは知らないが、中学・高校の元同級生である二人は、過去にかなり派手な喧嘩《けんか》をしたらしい。それを機に絶交して、絶縁期間が八年以上。それでも、今年の夏に偶然の再会を果たしてからは、徐々に旧交をあたためつつあるようなのだが──どうやら平間のほうはいまだに、先輩に対するわだかまりが強いようだ。

ここまでの経緯を思い起こしていた春畑の脳裏に、素朴《そぼく》な疑問が浮かぶ。

こんな調子で隣同士に住んで、大丈夫なんだろうか。おそらく先輩的には、物理的距離を縮めることによって、より一層の関係改善を望む、前向きな心情からの引っ越しなのではないかと推察するが。

(平間さんのほうは、どうなのかな……)

「あの、先輩の引っ越しの件なんですけど、渋谷中央署の同期を二人チャーターできました。当日は計三名でお手伝いにまいりますので、よろしくお願いします」

思考の流れから引っ越しの話題を口にした刹那《せつな》、傍《かたわ》らを歩いていた平間の足がぴたりと止まった。訝《いぶか》しげな表情でこちらを見る。

「いまなんて?」

「え?　いえ……ですから、二十四日の先輩の引っ越しの……」

「引っ越し?」

ものすごい勢いで、平間が二の腕を摑んできた。

「響のやつ、引っ越すの!?」

ガクガクと揺さぶられ、「だ、だ、だから平間さんの隣にっ」と答える。

「うちの……隣?」

目の前の顔がみるみる色を失っていくのに、春畑は呆然《ぼうぜん》とした。

「ちょ、ちょっと待ってください。まさか、知らなかった……とか？」

ざーと血の気が引く。

肝心の平間さんに言ってないとか、先輩に限ってそんな大ポカがあるはずが……。

「なんだよ、それ……」

極限まで目を見開き、唇をわななかせていた平間が、へなへなとその場にうずくまる。

「聞いてないよぉ……」

（マジで言ってなかった！）

ひーっと声にならない悲鳴が出た。

この事態にどう収拾をつければいいのかわからず、春畑がおろおろしているあいだにも、しゃがみ込んだ平間を避けるように人々が行き交い、ちらちらと視線を投げかけていく。このままでは通行の邪魔だ。

とにかく雑踏のなかから連れ出そうと、平間の腕を摑んで引っ張り上げた。ダメージを受けて脱力した体に腕を回し、支えるようにして、近くの公園まで連れていく。人気のないベンチに座らせると、耳許に囁いた。

「ここに座っていてください」

言い置くなり、ステンカラーコートからスマホを取り出して、ベンチを離れる。平間の様子を目の端で捉《とら》えながら、神蔵に電話をした。

携帯ではなかなか捕まらないことで署内でも有名な神蔵だが、今日は運よくすぐに繋がり、

『春か。どうした？』と低音が尋《たず》ねてくる。

「先輩、実は……」

春畑は、電話口の神蔵に事情を説明した。いま現在、自分と平間がいる場所も伝える。

「すみません。ぼく、先輩がまだ平間さんに話してないって知らなくて余計なことを……」

『おまえのせいじゃない。――いまからそこに行くから、それまでシンゴについていてやってくれ』

「はい」

通話終了ボタンをタップして、スマホをステンカラーコートのポケットにしまい、ベンチに戻る。平間の横に腰を下ろし、「大丈夫ですか？」と声をかけた。こくりとうなずくものの、相変わらず項垂れたままだ。自分の不用意な言葉が、平間にここまでのダメージを与えてしまったのだと思えば、居たたまれない。

（先輩！　早く……早く来てください！）

祈るような心持ちで待つこと十分。公園の入り口を照らす外灯の明かりに、スーツ姿の神蔵が浮かび上がった。よほど急いで来たのか、コートも羽織《はお》らず、息を切らしている。

「先輩！」

待ち人の姿に思わず立ち上がり、駆け寄った。神蔵は春畑に向かってうなずくと、次に、ベンチの平間に視線を向けた。その表情は、心なしか硬い。

「あ、あの……」

「助かった。ありがとう。あとは俺が引き受ける」

有無を言わさぬ物言いに、「あ……はい」と応じた。

「じゃあ、ぼくはこれで……失礼します」

ぺこっと頭を下げ、ベンチに歩み寄る神蔵と入れ違いに出口へと向かう。だが数歩も行かずに足を止め、その場でしばらく逡巡《しゅんじゅん》したのちに、くるりと踵《きびす》を返した。足音を忍ばせて引き返し、暗闇に紛れるようにしてベンチの背面に回り込む。木の陰に身を隠し、ドキドキしながらベンチを覗き見た。後ろ姿の平間と、彼の斜め前に立つ神蔵の大きなシルエットを視界に捉える。

立ち聞きなんて、警察官としてあるまじき卑劣《ひれつ》な行為だ。そんなことは重々わかっている。

わかってはいるが、しかし。

(先輩、平間さん、すみません……)

現在の春畑は「神蔵の引っ越しの理由を探る」という特命を帯びており、神蔵と、全女子署員の、どちらを敵に回すのがより怖いかを天秤《てんびん》にかければ、物理的に数が多いほうに軍配が上がってしまうのは致し方なかった。


「……最っ低」

のろのろと顔を上げた平間が、自分の斜め前に立つ男を詰《なじ》る。詰られた男は、わずかに眉根を寄せて、怒りに震える元同級生を無言で見下ろした。

「なんでそんな大事なことを言わないんだよ！　言わないまま越してくるつもりだったのかよ⁉

騙《だま》し討ちかよ！　おまえって男はやることがいちいち卑劣なんだよ！」

言葉を重ねるにつれて、平間がどんどん激昂《げっこう》していく。

「卑怯者《ひきょうもの》っ」

罵詈雑言《ばりぞうごん》の礫《つぶて》に耐えていた神蔵が、ふーっと息を吐いた。そのあとで、ぽつっと低音を落とす。

「何度も言おうとしたんだがな」

「言ってねーだろ！」

「言おうとしたが……言えなかった」

傲慢《ごうまん》が信条の男らしからぬ気弱な発言に、虚《きょ》を衝《つ》かれたかのように平間が黙り込んだ。

「言おうとするたびに……おまえのものすごくいやがる顔と容赦のない罵声《ばせい》が脳裏に浮かんで
……それだけで気力が萎《な》えてな」

「は？　なに繊細ぶってんだよ。ザイル並に神経図太いくせして」

平間が声に憤《いきどお》りを滲《にじ》ませる。

「なんだかんだ言って、思いどおりにするくせに。いつだって結局、俺っておまえの手のひらで
コロコロ転がされてんじゃん」

心底悔しそうに吐き捨てると、神蔵は唇の片端を上げて、昏《くら》い笑みを刻んだ。

「手のひらの上で足掻《あが》いているのは俺のほうだ。……勝算もないのにな」

苦い声でひとりごちてから居住まいを正し、改まった口調で「そんな調子で機を逃しているうちに、春の口から伝わってしまったのは悪かった」と謝罪する。

「そろそろ寮を出たいと思っていたところに、おまえの大家でもある老姉妹から申し出があり、双方の思惑が合致《がっち》して、おまえの隣の部屋に越すこととなった。二十四日はバタバタするが、そう長い時間じゃないはずだ。よろしく頼む」

「…………」

リアクションしない平間の頭を、軽く小突いた。

「おい、いつまでもここにいると風邪引くぞ。晩飯まだだろ？　奢《おご》るから立てよ」

「おまえなんかに奢られたくない」

「そう言うな。俺はいま猛烈に奢りたい心境なんだ。なにしろ、この一週間の胸の閊《つか》えが下りて、実に晴れ晴れとした解放的な気分だからな。これで心置きなく、堂々と引っ越せる」

さっきまでの殊勝《しゅしょう》さはどこへやら、すっかりいつもの不遜キャラを取り戻した男に平間が嚙みつく。

「ちくしょう……ぜったい阻止してやる！　どんな汚い手を使ってでも邪魔してやるからな！」

「お手並み拝見——とだけ言っておこうか」

宣戦布告に、余裕の口調で受けて立った神蔵が、「ほら、行くぞ」と平間を促した。二の腕を摑んで、やや強引に立ち上がらせる。

「離せよ、ばか」

神蔵の手を振り解き、平間は逆方向に歩き出したが、すぐにまた腕を摑まれた。

「くそ、離せっ」

なんとか振り払おうと、平間が腕をぶんぶん振る。しかし神蔵は、がっしり摑んで離さなかった。

「離せって！」

その後もしばらく抗《あらが》っていた平間だったが、自分の力では振りほどけないこと、相手にまるで離すつもりがないことを覚《さと》ったのか、諦めたように抵抗を止める。やっと大人しくなった平間の手を取り、神蔵が公園の出口に向かって歩き出した。

「……どこ行くんだよ？」

子供のように手を引かれた平間が、ふて腐れたように唇を尖らせて尋ねる。

「どこでもいいぞ。リクエストしろ。今日の俺は太っ腹だ」

「本当だな？　そんなこと言ってあとで撤回するなよ？」


アラサーの男が、やはりアラサーの男に手を引かれて歩く図——普通なら薄ら寒いビジュアルのはずだ。だが、いま春畑の目に映る二人はとても自然で、眺めていて嫌悪の感情はまったく湧かなかった。

それどころか、小さくなっていく二人を見送っているうちに、なぜだか胸がきゅんきゅんしてくる。

それには無論、二人の見た目というファクターは大きいだろう。神蔵はどこに出しても恥ずかしくない男前で、平間に至っては並の美女よりも絵になる美貌の持ち主だ。

どこか映画のワンシーンを思わせる二人……。

けれど、胸が高鳴ったのは、ビジュアル的な完成度だけじゃない。

平間の手を握る神蔵から、覚悟のようなものが伝わってくる気がしたからだ。

一度は壊れてしまった絆《きずな》。

おそらく神蔵は、ひびの入った友情を修復し、いま一度繋ぎ合わせようとしている。

神蔵の積極的なアプローチに対して、平間は戸惑っている。その気持ちもわからなくはない。

春畑の目から見ても、神蔵のやり口は強引で、やや配慮に欠けるように思えた。

とはいえ神蔵だって拒絶が怖いのだ。だから、引っ越しの件をギリギリまで言えなかった。

それでも神蔵は、新たな傷を負うのも覚悟のうえで、平間の手を取ろうとしている。

振り払われても振り払われても、友の手を強く握って離さずに……。

不倫だ離婚だと、永遠を誓い合った男女の愛すら移ろいやすい現代社会で、なんて崇高《すうこう》でピュアな友情なんだろう。

(……先輩)

先輩の篤《あつ》き思い、いつかきっと平間さんにも伝わります。ぼくもそれまで、たとえ全女子署員にハブられようとも、お二人の絆の復活を陰ながら応援しますから！

胸に誓った春畑は、ぎゅっと拳《こぶし》を握り締めた。

まさか翌日の早朝、その誓いを早速後悔するとはゆめゆめ思わずに——。


【神蔵先輩の引っ越しの理由ですが……ぼくの力不足でわかりませんでした】

翌朝、春畑がグループに投稿したメッセージは、瞬く間に炎上した。

【役立たず】【刑事失格】【使えねー】【逝ってヨシ】【おやつ返せ】から始まり、果ては【マグロ】呼ばわりまで。『神蔵組』一党による苛烈《かれつ》な吊し上げは、容赦というものが一切なかった。

火だるまと化しつつも、怒濤《どとう》のバッシングを耐え忍んだ数日後——当初の予定どおりつつがなく、神蔵の引っ越しは完了した。

作業の最中は、終始仏頂面《ぶっちょうづら》で全身から不機嫌オーラをまき散らしていた平間だが、荷物の運び込みを終えた春畑と同僚二名を玄関まで見送ってくれる。自分には見せてくれるやさしい顔に、複雑な思いが込み上げてきた。

（できれば先輩にも、やさしくしてあげて欲しい）

一日も早く、平間さんのなかのわだかまりが消えて、昔の二人に戻れますように。

そう願う気持ちが、自然と口から零《こぼ》れ落ちた。

「あの、先輩のこと、よろしくお願いします」

ぺこりと頭を下げる春畑に、平間が困惑の面持ちでつぶやく。

「よろしくって……言われても……」

もちろん、すぐには無理だろう。

でも……そう遠くはないはずだ。

だって、二人にとって大切なのはこれから先の未来であって、もう過ぎてしまった過去じゃないんだから。

「ぼく、やっぱりこれでよかったんだと思いますよ。納まるべきところに納まったっていう感じがします」

うんうんと一人で合点《がてん》して踵を返した。神蔵の新居と平間の住まいが並ぶマンションから一歩外に出ると、やわらかな冬の日差しに包まれる。

春畑は、先を行く同僚たちを追って、足取りも軽く歩き出した。

そう、きっと。遠い日じゃない。

——きっと。

プリンセスモンキー争奪戦

高校時代、寮で同室だった響とシンゴのエピソード。生徒会長の悪友・貴水にそそのかされたシンゴは？

やっぱり、あのとき断ればよかった。

さっきから何回目——いや、何十回目かの後悔が胸をよぎる。

ほんとばかだ。鼻先のにんじんに踊らされて俺のばかっ。

自分を罵倒しまくりつつ、俺はこれまでの人生で一番じゃないかと思う必死さで走っていた。

息が苦しい。肺が痛い。太股が攣《つ》る。脹《ふく》ら脛《はぎ》はぱんぱん。あらゆる関節が軋《きし》む！

こんなに長い距離を全力疾走するなんて、体育の授業だってそうはない。そもそも自慢じゃないが、スポーツはあんまり得意じゃないのだ。マラソンの順位に至っては、クラスでも後ろから数えたほうが早いほどだ。

（苦しい……死ぬ）

酸欠のせいか、頭が朦朧《もうろう》としてきた。

もうダメだ。無理。これ以上は走れない。

心のなかでギブするのと同時に、がくっとスピードが落ち、薄暗い廊下の片隅で立ち止まった。

前屈みの体勢で、膝に手を置き、はあはあと肩を上下させる。足を止めたとたんに、体中の毛穴から汗が噴き出してきた。首筋の汗を手で拭《ぬぐ》う際に、腕時計をちらっと見る。

蛍光色に光る文字盤の針は、九時三十分を指していた。

（え〜、まだ四十五分しか経《た》ってないのか）

思いのほか進んでいなかった時計の針にがっくり来た次の瞬間、背後からバタバタと足音が聞こえてくる。

「こっちにはいないぞ！」

「こっちもだ！」

「二手に分かれて捜せ！」

廊下に響く複数の声。

（ひいっ）

飛び上がるようにして上体を起こし、ふたたび駆け出す。

ああ……俺のばか。

あのとき、あんな大見得《おおみえ》を切らなければ、こんな羽目には陥《おち》らなかったのに。

今更の後悔に、ギリギリと奥歯を磨《す》り合わせる。

追い立てられるように逃走を再開した俺の脳裏には、全校生徒を敵に回した〝隠れんぼレース〟の元凶である——一週間前のやりとりが蘇《よみがえ》っていた。


「今年の新歓《しんかん》はちょっとばかり派手にやるわよ」

高校二年の新学期が始まったばかりの四月上旬。夕方の六時過ぎ。

寮の部屋でうだうだしていた俺を訪ねてきた永瀬貴水《ながせたかみ》が、高らかにそう宣言した。

〝悪友その一〟の永瀬貴水は、奥多摩《おくたま》の山奥に建つ中・高一貫教育の全寮制男子校『星陵《せいりょう》学園』の生徒会長兼総寮長だ。

お仕着《しき》せの制服も一味違うスタイリングで着こなしてしまうセンスの持ち主で、くっきり二重と目許のほくろが印象的な派手な顔立ちそのままに、中身も超個性的。

独特な話し口調は、中学一年の春の初対面のときから変わっていない。十歳までアメリカで育った帰国子女のせいか、俺を筆頭にまだ小学生気分が抜け切れていないクラスメイトたちのなかでも群を抜いてオトナで、さらに悪魔のごとく頭がキレた。一学年百名を掌握《しょうあく》し、かつ支配下に置くのに、もののひと月もかかっていなかったように思う。

教師も一目置くリーダーシップは、その後もいかんなく発揮され、クラス委員長を皮切りに中二で生徒会の書記、三年で副会長と権力の階段を着実にステップアップしていき——ついには昨年の秋の生徒会選挙で会長の座まで上りつめていた(うちの学校の生徒会は中学・高等部が合同で運営しているのだが、高一で生徒会長というのは、星陵学園百年の歴史においても史上最年少の記録らしい)。

人に指図されるのが嫌い——というのが、トップを目指した理由のようだけど……。

いまや中等部・高等部合わせて六百人の生徒は、貴水に完全に「仕切られている」。独裁政権とも言える現体制に不満を持っているやつもいるだろうけど、かといって本人に直接クレームを入れられるような気概《きがい》は、誰も持ち合わせていなかった。

「ほどほどにしておけよ」

ベッドに仰向《あおむ》けに寝転がり、バイク雑誌を捲りながら、高校生とは思えない深い低音で諌《いさ》める――この男以外は。

齢《よわい》十六にして百八十を優に超える頑強な肉体。イケメンなどというちゃらい形容詞より男前という表現がしっくり来る野性的な顔立ち。くっきりと太い眉の下の眼光鋭い双眸《そうぼう》。高い鼻梁《びりょう》。やや厚めの唇。がっしりと頑丈な顎《あご》。

大型の肉食獣のオーラを放つ〝悪友その二〟が、永瀬貴水が唯一自分と同格と認め、生徒はおろか教師までもが廊下で擦れ違う際に視線を逸《そ》らす――神蔵響だ。

貴水が「頭脳派」なら、響は「武闘派」。

こいつも入学してからの数ヶ月間で、貴水とは異なるアプローチによって学園を制圧していた。

上級生十人を相手に大立ち回りを演じ、約半数を病院送りにした。タイマンを張ったチンピラが翌日菓子折を持って挨拶《あいさつ》に来た。地元のやくざの組長直々にスカウトされた。……などなど、武勇伝《ぶゆうでん》には事欠かない。それらの武勇伝は学園内にとどまらず、奥多摩全域へと拡散され、とりわけ近隣の走り屋のあいだでは「生きる伝説」となって久しい。ちなみに、俺とは入学式で隣り合わせになって以来の腐れ縁で、いまも寮で同室だったりする。

で、自己紹介が最後になったけど、俺は平間シンゴ。キャラ立ちが強烈な悪友二人に比べたら、まったくもってごくごく平凡な十六歳。

成績も中の上なら、特別にスポーツができるわけでも、喧嘩が強いわけでもない。特技と言えば、絵を描くことくらいで、部活も地味な美術部所属。——あえて補足するなら、曾祖父がロシア人で、八分の一スラヴの血が入っているせいか、いささか先祖返りなルックスをしている。男にしては肌の色が白かったり、髪の色が明るかったり、目の色が灰色がかった茶色だったり……といったレベルだけど。

ただそれでもそこは悲しいかな男子校あるあるで、やや特殊な容姿ゆえに〝手っ取り早い女の代用品〟扱いされることも多かった。幾度かうっかりピンチに陥り、そのたび響に助けられているうちに、「平間に手を出すと、守護神の神蔵にシメられる」という噂が流布《るふ》されるようになった。

正直、噂のおかげで、おかしなちょっかいを出してくるやつがかなり減って助かっている。「一人でフラフラ出歩くな」だの「ナマ脚を出すな」だの、ガタイに似合わず口うるさい守護神に、「おかんかよ」とうんざりすることもあるけれど……。

なんて俺の愚痴《ぐち》はさておき。

さっき貴水が言っていた「新歓」というのは、毎年四月の頭に学生主導で催される新入生（中一および高等部からの編入組）歓迎コンパのこと。

当日用意される料理が豪勢なことに加え、学園黙認で酒が呑める年に一度の無礼講《ぶれいこう》（ただし、さすがに中一で飲酒はまずいので、酒が解禁になるのは高等部から）ということもあり、学園祭と体育祭に次いで盛り上がるイベントなのだ。

「派手ってどんなの？」

響が寝転がっているベッドと横並びの自分のベッドに胡座《あぐら》を掻き、一階の自販機で購入してきた牛乳パックをちゅーちゅー吸いながら、俺はPCチェアで脚を組む貴水に訊《き》いた。

「毎年ただ坊やたちを酔いつぶすだけじゃ、さすがにマンネリじゃないかっていう意見が生徒会からも出ててね。折しも今年は星陵の百周年イヤーだし、一発どーんと派手な企画を打ち上げて盛り上げようかなーって」

「へー……」

とりたててイベントごとに興味のない俺がテンション低くつぶやくと、貴水が人差し指をぴんと立てる。

「題して『プリンセス星陵争奪戦』！」

聞くだにベタなタイトルに、響が雑誌の陰でいやそうな顔をした。

「プリンセス星陵……？」

不吉な予感を覚えた俺も、ストローから口を離す。その称号に、少なからず心当たりがあったからだ。

「時間内にプリンセス星陵を捜し出してゲットした勝者《ヒーロー》は、豪華賞品とプリンセスの両方を手にできる『隠れんぼレース』よ！」

貴水が説明したルールはこうだ。

●レースは新歓の夜の九時にスタートし、タイムリミットは深夜零時まで。ただしターゲットであるプリンセスには十五分のハンデが与えられ、出発は八時四十五分。
●寮の正門をスタート地点とする。エリアは学園の敷地内に限り、学園の外に出た場合は失格となる。学園の敷地内であれば、どこに隠れるのもプリンセスの自由。
●隠れているプリンセスを見つけ出し、深夜零時ジャストに、プリンセスを連れて寮の正門まで辿り着いた者が勝者。あくまで零時ジャストであることが求められ、早すぎても失格。その際、プリンセスを素手で捕まえていることが必須条件となる。ロープや網などの道具で拘束していた場合は無効。
●勝者には賞品として、学食一年分の回数券が贈呈される（回数券の代金は、全校生徒が積み立てている寮費から捻出《ねんしゅつ》される）。
●さらにはプリンセスからの熱～いキッスという豪華副賞も！

「どう？　概要を聞くだけでワクワクしてこない？」

得意げな顔つきの貴水に同意を求められ、俺はじわりと眉間に皺を寄せた。悪いけど、ぜんぜんワクワクしない。むしろ、いやな予感しかしない。

「……で、そのプリンセス役は誰がやんの？」

「まーた、ばっくれちゃって」

貴水が肩をすくめた。

「他の追従《ついじゅう》を許さない得票数でもはや向かうところ敵なし、プリンセス星陵杯ぶっちぎりで四連覇中のアンタ以外に誰がいるのよ?」

悪い予感が当たった俺は、「うげえ……やっぱり」と顔をしかめる。

さっきから話題に上っている「プリンセス星陵」ってのは、学園祭恒例の余興の一つ。全校生徒のなかから投票で選ばれた「学園一のアイドル」に対して、学園祭のラストステージで授与される称号である。野郎が野郎を選ぶという、男子校ならではの不毛なコンテストなのだが……貴水の言うとおり、まことに不本意ながら、目下《もっか》のところ俺が四年連続のタイトル保持者なのだ。

「勘弁してよー。六百人相手の隠れんぼとか、どんな罰ゲームだよ」

げんなりして天を仰ぐ俺の隣のベッドから、不機嫌な低音が悪友を呼んだ。

「——貴水」

読んでいた雑誌をばさっと閉じて、響が起き上がる。その顔は声と同じく険しかった。

「こいつに無茶をさせるな」

「わかってるってば」

守護神の怖い表情をちらっと一瞥《いちべつ》した貴水が、俺に視線を戻して説得し始める。

「もちろん、一対六百じゃ勝負にならないから、事前にくじ引きをして一学年から五人ずつ選出する」

「五人×六学年で……三十人ってこと?」

「そ、三十人の勇者たちよ。選に漏れたみんなにも勝者を当てるトトカルチョのお楽しみがあるから——ちなみにこっちの賞品も最高で学食一年分の回数券、正解者が複数の場合は人数で頭割りにする予定——十五分の先行タイムもあるし、三十対一ならそれほど無茶でもないでしょ？」

だからってなんで俺が三十人の野郎どもに追っかけられて、生け捕《ど》りにされて、挙げ句の果てにチューしなきゃなんないんだよ。

まったくもって理不尽極まりない。断固拒否しようとしたときだった。

「最後まで誰にも捕まらずに逃げ切れたら、一年分の回数券はアンタのものよ」

「えっ……」

思わず、上擦《うわず》った声が出る。

「マ、マジで？　一年分!?」

貴水がにんまりと唇の両端を上げ、タチの悪い笑みを作る。

「それが手に入ったら大好きなハンバーグ定食も食べ放題だし、オプションも付け放題。どんなデザートだって選び放題。アンタにとっても悪くない条件だと思うけど？」

悪魔の囁きに、体がじわーっと熱くなってきた。

「ハンバーグ定食食べ放題……オプションも付け放題かあ……」

いまにも涎《よだれ》を零しそうな締まりのない口許で、貴水の言葉を復唱する俺の耳に、戒《いまし》めるような低音が届く。

「シンゴ」

だけど俺の頭のなかでは、回数券で食べる（予定の）ハンバーグ定食をはじめとしたカレーやラーメン、トンカツ、コロッケ、プリン、アイスといった大好物メニューが回転寿司状態でぐるぐる回っていて……。

「おい！　目を覚ませ」

肩をぐいぐい揺さぶられ、楽しい妄想を打ち破られて、無理矢理現実に引き戻された俺は、

「なんだよ？」とふて腐れる。するといつの間にか自分のベッドから下りて俺の肩を掴んでいた響が、「目先のエサにつられるな」と言い含めてきた。

「どうなるかわかってるのか？　飢えた野獣三十頭のターゲットになるんだぞ？」

例によって保護者めいた口ぶりで諭され、むっとむくれて肩の手を振り払う。

「そんなのわかってるよ」

二十四時間保護者の監視下に置かれ、なにをするにもいちいち駄目出しされる日常に、相当フラストレーションが溜まっていたし、なによりそのときの俺は、回数券の魅力に目が眩《くら》んでいた。

「飢えた野獣とか……おまえはいつも大袈裟《おおげさ》なんだよ。たかがゲームじゃん」

「そうよ。なにもそんなにピリピリすることないじゃない。お遊びなんだから」

タッグを組む貴水と俺を、響がじろりと睨《ね》めつける。

「たかがゲームというが、いざレースが始まったら、俺たちは一切手出しできないんだぞ。おまえにも、三十人と同様のルールが課される。ルールを厳守して逃げ切って初めて、賞品を得られるんだからな」

（え？　そうなんだ）

「誰からのフォローもなく、本当におまえ一人で逃げ切れるのか」

（……う）

「三時間、周りは敵だらけ。おまえは誰の助けも借りずに逃げ続けなければならない。途中で泣きが入っても後の祭りだ」

（……うう）

畳みかけるようにプレッシャーをかけられ、一瞬怯《ひる》みかけたものの、そんなふうに一人じゃなにもできない味噌《みそ》っかす扱いされれば、持ち前の負けん気がむくむくと頭をもたげてくる。

その負けん気に背中を押された俺は、守護神を見据えて言い切った。

「助けがなくたって、一人でやれる」

響が片方の眉を上げ、「ほう……」と小馬鹿にしたような声を出す。

「大した自信だな」

こちらを侮《あなど》り、舐め切った表情に、腹の奥底からムカムカの塊《かたまり》が湧き上がってきた。

（この野郎……）

「俺だっていつまでもおまえの背中に隠れているわけじゃない」

「なんだか今日のシンゴ、男前だわぁ」

貴水の援護射撃に気が大きくなり、いよいよもって胸を張る。

「たかだか三時間だろ？　楽勝だよ。逃げ切ってみせる」

挑発的に言い放った瞬間、響とばっちり目が合った。鋭い眼光の〝圧〟に負けそうになるのを、ぐっと堪《こら》える。

「…………」

ぜったい退かないという意思を目に込めて睨《にら》み返していると、響がじわりと双眸を細めた。ほどなくして、「勝手にしろ」と匙《さじ》を投げたように低くつぶやく。

「なにがあっても俺は知らないからな」

「おまえこそ、両の目かっぴらいて見てろよ？　ぶっちぎりで逃げ切ってみせるからな」

売り言葉に買い言葉というやつで、気がつくと俺は、守護神に向かって大見得を切っていたのだった。


生徒会長の貴水が新歓の目玉として、賞品付きレース企画を発表した三日後には、中・高等部を合わせて六学年から五人ずつ（新寮生を含む）計三十人の「勇者」が選出された。

学食一年分の回数券の大盤振る舞いもさることながら、「プリンセスのキッス」という副賞に、なぜか勇者たちのテンションは爆上がり。勇者の選に漏れたその他大勢のあいだにもトトカルチョのオッズが出回り、このところは寄ると触るとレースの話題で持ちきりだ。

日に日に熱を帯びていく校内の盛り上がりとは裏腹に、俺は大口を叩いたことを後悔し始めていた。

びびったわけじゃないけど、あまりに周囲のテンションが高いと、逆に萎《な》えるっていうか。

だけど、あれだけの大見得を切った以上、今更「イチ抜けた」とも言えない。

（いやいや、この空気のなかでそんなことを口に出したら、それこそ袋叩きだ）

響はあれきりこの件については触れてこず、完全スルーを決め込んでいる。

いつもはうるさいくらいに過保護なのに、ここしばらくは放置プレイ状態で、それはそれでなんとなく物足りない。

一応、俺なりに作戦を立てて、そこそこ勝算もあったけれど、普段なら心強いブレインであるはずのルームメイトに相談できないのは、正直心細かった。

ただでさえナーバスになっていたところに、【姫、私のファーストキスを貴方《あなた》に捧げます――勇者より】だの、【俺のテクで天国にイカせてやるから待ってろよ】だの、しょーもないメッセージをロッカーにベタベタ貼られ、それを丸めて捨てたり、破り捨てたり、げんなりしているうちに日々が過ぎていく。

そんなこんなで迎えた――新歓コンパ当日。

新入生と編入生の自己紹介に続き、総寮長の貴水が挨拶をして、全員で「乾杯」の唱和《しょうわ》。

午後六時過ぎ、寮の一階の集会室にて、年に一度の無礼講の宴《うたげ》がスタートした。

三十分後、テーブルに所狭しと並んだ料理にかぶりつく寮生たちを横目に、俺は貴水と一緒に会場を抜け出す。

もっとがっつり食いたかった……と後ろ髪を引かれつつ、貴水の部屋に移動した。寮長特権で貴水は個室だ。

「……質問していい？」

約二十分後——全身が映る鏡の前に仁王立ちした俺は、心のなかの疑問を口に出した。

「なんでこの格好？」

貴水に問いかけ、指先でふわふわしたピンクのスカートを摘《つま》み上げる。

これでもかとフリルとレース満載のドレスは、デコルテにビジューが散らばり、肩口からふんわり膨《ふく》らんだパフスリーブが特徴的なデザインだ。ウエストはきゅっと締まっていて、ベルトの真ん中にリボンのアクセント。そこから急にボリュームアップするスカートのなかは、オーガンジーが幾重にも重なっていた。足許はドレスと同色のワンストラップシューズ。

「女装コスする必要って……」

「だってアンタはプリンセスなのよ！　お姫様がTシャツにデニムじゃ興《きょう》ざめ。勇者の志気《しき》にも関わるじゃないの！」

張りのある声で反論を封じ込めた貴水に、肩を摑んでぐっと押され、俺は鏡の前の椅子に尻餅《しりもち》をついた。

「アンタのサイズのドレス探すの、苦労したのよ。ネットのオークションとか、レンタルショップとか、手当たり次第に当たってやっと手に入れたんだから」

早口でまくしたてながら、貴水がカーペットの床に膝を突き、もう一脚の椅子の座面に置いた四角いメイクボックスを開く。三段仕様の本格的なメイクボックスだ。

「それもレンタル？」

「言ってなかったっけ？　従姉妹《いとこ》がヘアメイクの仕事してて、彼女から借りたの」

ボックスのなかから透明な液体が入った瓶を取り出しつつ、そう説明した貴水が、液体をコットンに振りかけて俺の顔に押し当てる。甘い香りが鼻孔をくすぐった。

「化粧水？」

「そうよ」

なかなか堂に入った手つきだ。

「……つかさ、衣装はともかく、メイクまでする必要あんの？」

「アンタがかわいけりゃかわいいほど、みんなが燃えるし企画も盛り上がるのよ。——それにしても本当に肌のキメ細かいわね。毛穴ってもんが存在してないし、シミそばかすも一切ナシ。これなら下地に粉でいいか」

乳液に下地を重ねたあと、上からパンパンと粉をはたかれる。むず痒いし、クシャミが出そう。

「鼻がむずむずする」

「我慢しなさい。ベースはできたから、あとは色づけ」

顎を持ち上げられ、目の際にアイラインを引かれた。迫ってくる先端が怖くて思わず目をぎゅっと瞑《つむ》ったら、「そんなふうにぎゅっとしてちゃ引けないじゃない」とたしなめられる。

化粧ってこんなに大変なのか。日常的にメイクしている女の人を尊敬するしかない。

「ちょっと、まつげ長っ。しかもビューラーしなくても天然カールしてるし、マスカラ必要ないわね。じゃあ、地まつげを活かして……チークはまるーくふんわり入れて。んー、リップはどれにしようかな。やっぱりドレスに合わせてピンクかしらね。グロスもピンク系っと」

貴水のやつ、鼻歌混じりでやけに楽しそうだ。企画のためだとか言ってたけど、単にこいつの趣味なんじゃねーの？

そんな疑惑を胸に抱いていたら、「はい、最後の仕上げ」と言われて、ウィッグを被《かぶ》せられた。

肩甲骨《けんこうこつ》くらいまでの長さのウィッグで、ヘッドトップの部分にラインストーンが散りばめられたティアラが装着されている。

「完成！　立ってみて！」

貴水に促され、椅子から立ち上がった。

姿見に映っているのは、メイクもばっちりなプリンセスコスの自分。

アイメイクの効果なのか、目が二割方デカく見える。アイラインの威力すげーな！

感心していると、後ろから貴水が抱きついてきた。鏡に映る貴水の切れ長の目は、ティアラに負けじとキラキラ輝いている。

「ほーらかわいい！　思ってたとおりに完璧なプリンセス！　これならみんな大喜びよ！」

「……そうかあ？」

「あー、楽しかったー。一度アンタの顔弄《いじ》ってみたかったんだ」

「やっぱおまえ、自分の趣味……」

言葉の途中でガチャッとドアが開いた。

「おい、そろそろ時間だぞ」

貴水の部屋に入ってきた響が、俺と貴水を見てフリーズする。

化粧した顔をじっと凝視され、居たたまれない気分で俯く俺とは対照的に、貴水がテンション高く「見てよ！」と叫んだ。

「シンゴ、めっちゃかわいくない？」

「…………」

それに対してコメントはなし。

おそるおそる上目遣いに窺《うかが》ったら、響は眉間に皺を寄せていた。

（だよな……わかるよ。ルームメイトの女装姿とか見せられても、どうリアクションしていいかわかんねーよな。貴水の手前「キモい」とも言えないし）

密かに同情を寄せる俺を、憮然《ぶぜん》とした表情で見据えていた響が、すっと目を逸らす。俺から顔を背けたまま、低音で「早くしろ」と告げた。

「野獣どもがテンパって待ってるぞ」


「アンタが出発して十五分後に勇者がスタートするから」

学生寮と学園を隔てる鉄の門の前で、腕時計の文字盤を指で差しながら、貴水が言った。

「わかった」

背後に一列に並んだ勇者たちの、痛いほどの熱視線と荒い吐息を背中に感じる。

さっき女装姿の俺が登場した際の、ギャラリーの盛り上がりときたら、マジですごかった。ピー、ピー、ヒューッ、ヒューッと指笛や口笛が山中に鳴り響き、ドンドンドンという足踏みで地面が揺れたほどだ。紅潮した顔や血走った目を前にして、響の「飢えた野獣」という言葉が蘇ってきて……。

「シンゴ、アンタの健闘を祈ってるわ」

傍らの貴水のエールに、ごくりと唾を飲み込む。

いよいよだ。

黒山の人だかりをちらっと横目で見やり、頭一つ抜き出た長身を捜したが、見つけられなかった。十分前に自分と貴水を迎えに来て、門までは同行した響だったが、その後は人波に紛れるように姿を消してしまった。

(ちぇ……なんだよ。友達がいのないやつ)

「せめて見送りくらいしろよ。がんばれよの一言くらいくれたって罰は当たらないだろ……」

ぶつぶつ零した文句も、興奮したギャラリーの声に掻き消されてしまう。

「プリンセス、がんばれー！　おまえに賭《か》けてるからな！」

「俺は勇者に有り金突っ込んだ。平間、負けろ！」

「とにかく死ぬ気で走れ！　死んでも走れーっ」

「行くわよ、カウントダウン！」

ギャラリーのヤジと歓声に負けじと貴水が声を張り上げ、俺は進行方向を向いて、スターティングフォームを作った。

「10、9、8、7、6、5、4、3、2、1……プリンセス星陵争奪戦、スタート！」

自分で自分を（GO！）と鼓舞《こぶ》して走り出す。今夜は満月なので、月明かりで視界は良好。

学園内限定といっても、奥多摩の山奥という立地ゆえに、敷地面積はかなりの広さだ。

校舎だけで四棟、運動用のグラウンドが二面、テニスコート、体育館、プール——その他、実習で作物を育てるための畑もあるし、厩舎《きゅうしゃ》や馬場もある。切り拓《ひら》いた平地を取り囲む原生林の一部も、学園の所有地だ。そんな広大なスペースを当てどなく走り回っていたら、とてもじゃないが体力がもたない。

なので俺はあらかじめ、特定の建物を隠れ場所として想定していた。

目指すは敷地の東側にある旧校舎。

学園創設時の建物がそのまま残っている古い木造校舎で、数年後には建て直されるらしいが、いまはまだかろうじて現役だ。建物の半分が、音楽室や美術室、科学や生物の実験室などとして使われている。

しかし、なにぶん建物が古いせいであちこちガタが来ており、冬はすきま風が入ってきて寒いし、全体的に照明も薄暗い。さらには、そういった旧式な校舎にありがちな「怪談話」にも事欠かないとあって、用がない限り、生徒は足を向けない。とりわけ、日が落ちて暗くなってから旧校舎を利用する人間は、ごくごく限られている。

ところで、弱小美術部員の俺は、その少数派の一人だ。美術室を部室にしているので、この寂れた校舎に馴染《なじ》みがある。部活で遅くなることもあるから、照明の暗さにも免疫《めんえき》があった。

つまり、俺にとって旧校舎は絶好の隠れ場所。先行のタイムラグ十五分のあいだに旧校舎に逃げ込み、身をひそめていれば、三時間くらいすぐに過ぎる——と目論《もくろ》んでいたわけだ。

（それにしても走りづらいぜ）

ペチコートが脚に纏わりついて、さっきから何度も転びそうになっていた。ウィッグのカールした髪も、いちいち顔の周りで跳ねて邪魔くさい。つるつるしたフラットな靴底が、こんなにも走りづらいなんて知らなかった。

予想外のストレスにイライラしながら、それでもなんとか最短距離で旧校舎まで辿り着き、表玄関からなかに入った。

二階建ての校舎に足を踏み入れたとたん、床の板がギイッと軋む。どこからか吹き込んできた冷たい風が、剝き出しの腕をひんやりと撫でた。照明は点《つ》いていないので、明かりといえるのは、窓から差し込む月の光だけ。一応、懐中電灯をポケットに忍ばせてきたけど、そんなものを使ったら、すぐに居場所がばれてしまう。

なるべく音を立てないように、抜き足差し足で薄暗い廊下を進んでいると、誰もいないはずの教室からカタッと物音が聞こえてきた。

「………っ」

喉から飛び出しかけた悲鳴を、片手で口を押さえてなんとか押しとどめる。

（びびってんじゃねーよ。……ここはホームグラウンドだろ）

そう、ホームだ。怖くない。怖くない。

立ち止まって念じていたら、敏感になっているらしい聴覚が、かすかな異変を感じ取った。

ザク、ザク。ザッ、ザッ。

近づいてくる——複数の足音。

（え？　まさかもう追っ手が!?）

あわてて時計を見る。九時十七分。タイムラグはとっくに消化されていた。

しかも、まるでこっちの作戦を見透かしたかのように、旧校舎に向かってきている。

（ヤバい……っ）

予想外の展開に焦った俺は、とにかくどこかに身を隠そうと、すぐ近くにあったドアに手をかけた。建て付けの悪い扉をスライドして開け、室内に滑り込む。

いきなり漆黒の闇に包まれた。くんくんと鼻を蠢《うごめ》かす。……黴《かび》と埃《ほこり》のにおい。

暗くてここがどこなのかはわからなかったけど、とりあえずそろそろと奥へ進んだ。それほど広くないようだ。手探りした感触で、スチール棚らしきものが、壁に沿って並んでいるのはわかった。なにかの準備室？

棚を伝って、どうにか壁際まで辿り着く。窓を覆う遮光カーテンを、十センチほど開けて背後を振り返った。

ひと筋の月光が差し込み、闇に埋没《まいぼつ》していたディテールが浮かび上がる。

まず目に飛び込んできたのは、筋肉や内臓がリアルに表現された等身大の人体標本だった。

（ひっ）

隣には、カップルさながらに寄り添う白骨標本。スチール棚にはホルマリン漬けの小動物の死骸がずらりと並ぶ。鶏の剝製《はくせい》のガラスの目と目が合った。

（ひ――っ）

声にならない悲鳴をあげて腰を抜かしかけたとき、廊下の向こうから、複数人の話し声が聞こえてくる。

「そっちにいたか？」

「いないぞ」

「本当にここなのかよ？」

どれも声に聞き覚えがあった。同学年の勇者五名からなるパーティだ。

「平間は美術部だ。旧校舎に逃げ込む可能性が高い」

（バレバレ⁉）

冷水を浴びたみたいな気分で、ずるずると床にしゃがみ込む。そこから四つん這いになり、床を這って、机の下に潜《もぐ》り込んだ。壁に背をつけて膝を抱え、できるだけ体をコンパクトにする。

息をひそめて、廊下から人の気配が消えるのを待った。

そのあいだも、全身を襲う小刻みな震えが止まらない。産毛という産毛が総毛立っているのがわかる。

実は、この生物準備室には、振り返るのもきっつーい思い出があるのだ。

あれはたしか中一の秋、ここでクラスメイトと悪ふざけしていて、白骨標本が収納されているロッカーを倒してしまったことがあった。幸いにも怪我はしなかったのだが、クラスメイトが助けを呼びに行き、響がすっ飛んでくるまで、ずっと骸骨の下敷きになっていたのが根深いトラウマを引き起こし……。

以来、生物準備室には、可能な限り近寄らないようにしてきた。

それがどうしてこうなった？

おのれが陥っている状況を改めて自覚すると目眩《めまい》がする。心臓がバクバクして、目頭も熱くなってきた。う……泣きそう。

「……助けて」

誰にともなくつぶやいたら、どこからともなく「チュー」という返答が。

「………チュウ？」

「チュー」

もう一度返されて、空耳じゃなかったことを実感するのと同時に、スカートのなかにやわらかくて生あたたかいものが！

（ね、ねずみ!?）

反射的に飛び上がって、頭を机の天板にしたたかぶつけた。

「いってーっ」

思わず声を発してしまってから、はっと気がついて口を塞《ふさ》ぐ。じわっと首筋に汗が滲んだ。廊下の気配を窺いつつ、じっと硬直する。ガラッとドアが開くのを覚悟しながらの一分が経過。

恐れていた事態は起こらなかった。

……よかった。追っ手は通り過ぎたようだ。

ほっとして、はーっと息を吐いた瞬間、立派な二本の歯でスカートの端っこをカリカリ嚙んでいるハツカネズミ（実験用のマウスが逃亡した？）の赤い目と目が合う。

「ぎゃっ」

「チュウ！」

非難がましく一鳴きして、きゃつは逃げ去った。俺はといえば、さっきと同じ場所をまた天板にぶつけた。

「いててて……」

じんじんと痛む患部を涙目でさする。

レースが始まってまだ三十分余りなのに、テンションは下がる一方だ。

だけど、ここですごすごリタイアしたら、ぜったい響にばかにされる。それ見たことかという、こっちを蔑《さげす》む表情が見えるようだ。それは……いやだ。悔しすぎる。

（くっそ。負けるもんか）

スンと鼻を啜《すす》ってテーブルの下から這い出た俺は、立ち上がってスカートの裾をたくし上げた。腰の位置でぎゅっと縛り、邪魔なウィッグを頭から剝ぎ取る。

「よし！」

腹から声を出し、気合いを入れ直した。

このままここに身をひそめていても、さっきのやつらのしらみ潰しの探索によって、居場所を暴かれるのは時間の問題だ。ならば、攻めていくしかない。

腹を決めると、ゆっくりドアに近づいた。扉を開けて顔を突き出し、周囲の様子を窺い見る。人気がないのを確認して廊下に出た俺は、様子見のためにそろそろと数歩歩いてから、やにわに全速力で走り出した。


しかし、五分も経たずに、背後から追っ手の声があがった。

「いたか？」

「いない。くそっ！　どこに隠れてやがる」

「どこだ!?」

殺気立った声が廊下に響き、徐々に足音が近づいてくる。

「うわ、来た！」

狩猟犬に追い立てられるうさぎよろしく、あわててスピードを上げた。けれどもう限界が近い。足が攣りそうだ。膝も笑っている。心臓も肺も、いまにも破裂しそう。

一分でいいから休みたい。だがそれを許さない複数の足音に急《せ》き立てられ、目の前に現れた階段を、二段飛ばしで駆け上がった。二階に着くなり右折して廊下を走る。

「上だ！　二階にいるぞ！」

（気がつかれた！）

ダンダンダンダンと階段を駆け上がってくる足音が聞こえた。うわ、二階に上がってきた！

焦燥感《しょうそう》にせっつかれ、持てる力を振り絞って走る。

「はあ……はあ」

口から出る息が熱風のようだ。足がもつれる。

（もう……無理。無理。無理！）

どうしたって無理。これ以上は走れない。

苦しい。苦しい。助けて――誰か！

白く霞《かす》んだ脳裏に、ぼんやりと長身のシルエットが浮かぶ。頑強な肉体。広い肩と逞《たくま》しい腕。

（……響？）

助けて……響。

心のなかで悪友の名を呼んで、助けを乞うた瞬間、つるっと足が滑った。

（響、助けてよ！）

「あ……っ」

つんのめった反動で体が宙に浮く。

ヤバい……転ぶ！

わかったところでなす術《すべ》もなく、ぎゅっと目を瞑《つむ》った。

あわや顔面から床にダイブする——寸前。二の腕を誰かに摑まれ、そのままぐいっと後ろに引かれる。強い力で引き戻された俺は、気がつくと硬く張りつめた筋肉のなかにいた。

「あぶねえな」

耳許で、嘆息混じりの低音が囁く。

「……………え？」

なにがどうなったのか、とっさには、自分の置かれている状況が理解できなかった。ぱちぱちと両目を瞬かせていて、ややあって自分を包み込む馴染みのある香りに、はっと息を吞む。煙草？

振り仰いだ視線の先に、その銘柄《めいがら》を愛飲している男の貌《かお》を認めた。

「ひび……っ」

叫びかけた唇を、大きな手のひらで塞がれる。

「しっ」

耳許に吹き込まれ、びくんっとおののいた。硬直した俺を腕に抱え込んだまま、響が後ずさる。壁まで下がると、そこにあった鉄の扉の金属ボタンを押した。飛び出てきたハンドルを引いて扉を開け、なかに入って閉じる。俺たちが暗闇に身をひそめた数秒後、扉の向こうで複数の足音が響いた。バタバタバタバタと通り過ぎ、ほどなくして戻ってきて、扉の前で止まる。ドクンッと心臓が跳ね、それをきっかけにドドドドッとドラムロールのように鳴り響いた。心臓の音が外に漏れ聞こえてしまうんじゃないかと心配で（鎮《しず》まれ！　鎮まれ！）と念じる。

「いたか？」

「いない。――二階に上がったはずなんだけどな」

「また一階に下りたんじゃねーの？　それか、どっかに隠れているか」

「とにかく、この校舎のなかにいるのは間違いない。こうなったらしらみ潰しに当たるぞ。おまえらは一階を捜せ。俺は二階の端の部屋から当たっていく。それと脱出を封じるために、階段、出口にそれぞれ見張りを置く」

「ＯＫ！」

追っ手が散って、廊下が静かになると、口を覆っていた手が離れた。

「……ぷはー」

溜めていた息を吐き出した俺は、至近距離にある顔を見上げる。

「おま……どうして？」

響が怖い顔で「声がでかい」と忠告してきた。

「……ごめん」

小声で謝ったら、ボトムのポケットからジッポーを取り出し、慣れた手つきで火を点ける。ぷんと鼻をつくオイルの匂い。オレンジの炎に照らされて、ダクトや配管がぼうっと浮かび上がった。どうやら通気用のダクトや水回りの配管などが集約されているスペースのようだ。

「こんなスペースがあるなんて知らなかった」

「だろうな。学生には用がない場所だ」

じゃあなんでおまえは知っているんだと追及する前に、「おまえのことだ。どうせ旧校舎に逃げ込むだろうと思ってな」と響がつぶやく。

「先回りしてここで待っていた」

「先回りして？」

炎に照らされて立体感が増して見える貌が、わざとらしく嘆息を零した。

「おまえみたいなのをなんて言うか知ってるか？」

「え？　なに？」

「袋のねずみって言うんだよ」

「……うっせーな」

イヤミな口調にむっとして言い返したが、内心では強力な助っ人の出現にほっとしていた。

（そっか）

スタート地点にいなかったのは、俺の行動を読んで先回りしていたからだったのだ。腹落ちするのと同時に、なんだかちょっとくすぐったい気分になる。

なんだよ、なんだよ、なんだかんだ言って、やっぱ俺が心配なんじゃん。ツンデレかよ。

胸中でツッコミを入れてから、素直じゃない男に尋ねた。

「これからどうする？」

その問いには答えず、しばらく不思議な生物でも見るような眼差しで俺をじろじろ眺めていた響が、つと眉をひそめる。

「おまえ、化粧臭いぞ」

「そうかな？」

肩に鼻を近づけてくんくん嗅《か》いだけど、自分ではよくわからなかった。

「脚を隠せ」

さらにいつもの小言が降ってきて、下を向くと、腰で縛ったスカートの裾からナチュラルストッキングに包まれた脚が覗いている。特に右脚は太股まで剥き出しだ。

「別に脚くらい見えたっていいじゃん。本物の女子じゃないんだし」

「……だから余計に始末が悪いんだよ。ったく貴水のやつ、悪ノリしやがって」

なにやらぶつくさとひとりごちた響が、ふーっと大きく息を吐く。

「同室のよしみでフォローはしてやる。その代わり俺の指示にちゃんと従えよ。わかったな？」

腹のなかで（やった！）とガッツポーズを作り、俺はうなずいた。

「了解」


「旧校舎は、すでに敵に包囲されている。ここに隠れていても、見つけ出されるのは時間の問題だ。追っ手から逃れるためには脱出する必要があるが、表と裏の二つの出口、階段はすでに敵の監視下にある」

まるで国家がらみのミッションについて説明する軍曹《ぐんそう》さながら、響が重々しく告げた。体にフィットした長袖の黒カットソーとミリタリー系のワークパンツというコーデが、なおのことアーミー感を増長させている。

「よって、脱出手段としては、強行突破しかない」

「強行突破……なるほど」

「窓から行くぞ」

「窓から……なるほ」

首肯《しゅこう》しかけていた俺は、「窓!?」と顔を振り上げた。またもや、「しっ」と怖い顔の響に手のひらで口を塞がれる。

「もごもごもご(だ、だ、だって!)」

響はこともなげに言うが、ここは二階だ。俺の運動能力で、二階から飛び降りて無事に着地できる気がしない。まったくぜんぜんしない。

「無理だよ」

叱られたばかりだったので、ひそひそ声で抗議したが、鬼軍曹からは冷ややかな視線が返ってきただけだった。

「ほかにプランがあるなら聞くが?」

頭のなかを総ざらいしてみたが、見事なまでにノープラン。

「………ありません」

結局、そう答えるしかなかった。

こうなったらやるしかない。腹をくくった俺は、響の誘導に従い、小部屋から出て、隣の音楽準備室へ移動した。ここの窓が、飛び降りるのに都合がいいと軍曹が主張したからだ。

音楽準備室の突き当たりまで進み、ガラス窓を開いた響の後ろから、外の様子を見て納得する。

旧校舎の背面は原生林になっているのだが、林立する木のなかでもかなり樹齢の高そうな大木が、いまにも窓を突き破ろうかという勢いで枝を伸ばしていた。この枝を伝って幹へ移ることができれば、脱出も可能だろう。

それにしてもこの男は、学園内のことを隅々まで熟知している。同じだけの年数を過ごしてきたのに、ただぼーっと学園生活を送っていた俺とはえらい違いだ。

「俺が先に行くから、よく見ていろ」

そう言い渡した響が、片足を窓の桟《さん》にかけ、大振りの枝を摑んだ。枝にぶら下がり、雲梯《うんてい》の要領で幹へ移動する。無事に移って木の股に跨《また》がると、そこで俺を振り返った。

「いまの動きを真似て、ここまで来い」

クイクイと手のひらで招かれ、おそるおそる一番太い枝にぶら下がる。いきなり腕の付け根がぎしっと軋んだ。下から吹きつけてきた風がスカートをばたばたとはためかせ、背筋をぞくぞくと悪寒が駆け抜ける。

「ひー、怖いぃ……」

「下を見るな。俺の目を見ろ」

ギリギリまで身を乗り出し、片手を差し伸べた響が、真剣な顔で命じる。

「そうだ。俺の目だけを見て、余計なことはなにも考えるな」

「わ、わかった」

そこから先は、黒い瞳を見つめ続けた。「右手を前に」「そうだ、うまいぞ。次は左手を前だ」などと煽《おだ》てられ、誘導されて、どうにかこうにか木の股まで移動することに成功。

「……はあああ」

脱力していると、頭にぽんと響の手が乗った。

「がんばったな」

しかし、労《ねぎら》いの言葉に笑い返す余裕はまだない。さらに、ここから地上まで下りなければならないからだ。

今度も先に響が下りた。木の幹を伝い、滑らかな動きでするすると下りて地上に立つ。

「シンゴ、おまえの番だ」

響に促され、木の股から幹に移動した。ウロやコブに足をかけて、じりじりと下りていく。

（もうちょっとだ）

その安堵が気の緩みを生んだのかもしれない。コブに引っかけたつもりの右足がずるっと滑った。体勢を立て直す間もなく上体がのけ反り、両手が幹から離れる。

「う……わあああああ――っ」

闇を切り裂く悲鳴を発しながら、俺は落下した。

(落ちる!!)

痛みを覚悟して、奥歯をきつく食いしばる。

ドサッ！

覚悟していた痛みは訪れず、体がいったん沈んで、わずかに浮き上がった。バウンドした体が、弾力のあるなにかにふたたびキャッチされる。

ぱちっと目を開いた俺は、視界に映り込んだ顔に声をあげた。

「響！」

ふーっと大きなため息を吐いた響が、眉根を寄せる。

「……おまえは俺の心臓を何度止めれば気が済むんだ」

またしても危機一髪、守護神が両腕で受け止めてくれたのだと気がついた刹那、二階から誰かが叫んだ。

「一階の裏手で声がしたぞ！」

響が舌打ちをした。

「しっかり摑まっていろ」

そう命じるやいなや、俺を横抱きにしたまま原生林に向かって走り出す。お姫様抱っこされた俺は、響の首にぎゅっとしがみついた。

「十一時十五分。――残り四十五分か」

腕時計を睨んで響がつぶやく。

原生林のなかを奥へ、奥へと分け入り、辿り着いた敷地の最東端――そこにぽつんと建つ、いまにも崩れ落ちそうな温室の地下スペースに俺たちはいた。お姫様抱っこでの逃走後、追っ手をなんとか撒《ま》いて温室に辿り着いたのは、十五分ほど前だ。

温室自体、使用されなくなってからだいぶ経つようで、かなり荒れ果てていた。ガラスは三割方ひび割れて穴が空き、鉄の支柱には伸び放題の蔦《つた》や観葉植物が縦横無尽《じゅうおうむじん》に絡みついている。穴から雨風が吹き込むせいか、鉢植えは倒壊していた。石畳は割れて砕け、あちこち雑草だらけだ。

新しいアトリウムが敷地の南にできて以降、ここは閉鎖され、忘れ去られていたようだ（俺も知らなかった）。おそらく近々、旧校舎と一緒に取り壊されるのだろう。

温室の扉は大きな南京錠《なんきんじょう》で封鎖されていたのだが、響がボトムのポケットから一本の針金を取り出し、いとも簡単に解錠してしまった。

響の背中にくっついて、温室のなかに入る。

ガラスの屋根を通過した月明かりが、室内を青く染め上げていた。俺が幻想的な眺めにぼんや

り見惚れているあいだに、響は目的意識を持った足取りで、素焼きの鉢が積み上げられた場所まで歩み寄り、屈み込んだ。鉢を片手で押し退けると、木の戸板が現れる。引き開けた戸板の下に、高さ一メートル二十センチ、床面積二畳分ほどの地下スペースが見えた。

「かつては種や肥料をストックしていた貯蔵庫らしい」

先に下りた響が、俺に手を差し伸べながら、説明する。

「ここ、いつ見つけたの？」

俺が横に腰を下ろすのを待って、響は頭上の戸板を閉めた。完全には閉め切らずに一センチほど開けたままにしたので、そこからかすかに差し込む月の光によって、真の暗闇になるのを免《まぬか》れる。

「二年くらい前か」

「ふーん」

そういえば……たまに夜中に目が覚めると、隣のベッドがもぬけの殻《から》になっていることがあった。響が戻ってくるまで起きていられずに眠ってしまい――目が覚めたときにはちゃんとベッドに寝ていたから、夢だったのかなと思っていたけど……。

ああいった夜は、学園のなかに点在する〝避難場所〟にしけ込んでたんだろうか。

「寮生活だと、なかなか一人になれねえからな」

実感のこもった声音を耳に、胸がツキッと小さく痛んだ。

それって……俺とずっと一緒なのが息苦しいってこと？

だから時々、夜中に部屋を抜け出して息抜きしていた？

クラスメイトで同室の俺たちは、教室でも寮の部屋でも一緒だ。〝保護者〟を自認している響は、なおさら日中俺から目を離せないから、息抜きするなら深夜しかない。

改めて、親友にかかっている負担を意識して、みぞおちのあたりが締めつけられるみたいに苦しくなった。

（そんなに……重いのか？）

もしそうなら、はっきり言えよ。そしたら俺だって、別に護《まも》ってもらわなくたって一人でなんとかするし。大体護ってくれなんて俺からは一度も言ってねーし。

きゅうっと唇を噛んでいたら、ぼそっと低音が落ちた。

「おまえだから教えたんだ。貴水には言うなよ」

「………」

（――おまえだから）

特別感を含んだその言葉だけで、地の底を這っていたメンタルがV字回復するなんて、我ながら単純すぎる。そう思っても、口許がにやけるのを堪え切れなかった。

「ふへへ」

「なんだ、その気味の悪い笑いは」

響に呆《あき》れたような声を出されたが、にやにやは止まらない。すっかり機嫌がよくなった俺は、なんとなく甘えたくなって、響の肩に自分の肩をこつんとぶつけた。特になにも言われなかったので、肩をくっつけたまま、時間が過ぎるのを待つ。

（……ぬくい）

触れ合った部分から伝わる適度な体温が、睡魔を引き寄せた。タイムリミットの零時まで、ここに隠れていればいいのだと、ほっとしたせいもあるかもしれない。だんだん目蓋《まぶた》が重くなってきて、安定感抜群の肩に寄りかかり、うつらうつらとしかけたときだった。

首筋に触れていた筋肉がぴくっと震える。ん？　と思った次の瞬間、響が突然俺の頭を抱え込むようにして、覆い被さってきた。

「な、に？　……っ」

床に俯《うつぶ》せに押し倒され、わけがわからず、大きな体の下で目をぱちくりする。だがすぐに、頭上からパキパキと小枝を踏む音が聞こえてきて、息を吞んだ。

「そっちはどうだ？　いるか？」

「いない」

「植え込みの陰とかも捜せよ」

「しっかし、こんな外れにボロい温室があったとはな」

「俺、聞いたことある。たしか経年劣化《けいねんれっか》でガラスが割れて、危険だから封鎖されたんだよな」

「でも鍵が開いてたぜ」

「そこは怪しいけど……さすがにここまでは来ないんじゃね？　平間にそんな根性と行動力があるとは思えねーし」

「あいつ、ルックスは極上だけどヘタレだもんな」

「だな。よそ当たるか」

「ほら、行こーぜ。早く見つけねーとタイムアウトになっちまうぞ」

勇者たちがぞろぞろと温室を出ていき、足早に遠ざかっていく。

「……行ったか？」

話し声と足音が完全に消えるのを確かめるように響が上体を浮かせた。

「行ったっぽい。ふー、びびったー」

溜めていた息を吐き出し、ごろんと体を返した刹那、至近距離にいる響と目が合う。

くっきりと濃い眉、漆黒の目、まっすぐで高い鼻梁、肉感的な唇——俺とはまるで正反対。

男性的で、野性味溢れる悪友の顔を見上げているうちに、トクッと鼓動が跳ねた。そのまま、トクトクトクと心臓が走り出す。

(なんだ？　もうやつらは立ち去って、危機は去ったのに)

なんで俺、こんなに鼓動が速いんだ？

魔法でもかけられたみたいに体が固まって、視線の交わりを解くことができない。一方の響も俺を無言で見下ろしていたが、ほどなく両目をすっと細めた。

「……なんて顔してやがる」

吐息混じりの掠れ声で囁かれ、ぞくっと首筋が粟立《あわだ》つ。

これまで響ファンの後輩たちが「低音ボイスいい！　イケボ！」とか騒いでるのを聞いても、

ぴんと来なかった。ドスが利《き》いてるだけじゃん、と思ってた。

でもいま、目を見つめられながら声を聞くと、背中から尾《び》てい骨にかけてびりびりと電流が走って……。見飽きているはずの顔も、いつもと違って見える。

やけに色悪《いろあく》めいて、なにやらねっとりしたものが滴《したた》ってくるような——。

(こ、これって……もしかしてフェロモンってやつ？)

混乱のさなか、覆い被さっている男の重みを意識した。とたん、体がじわっと発熱する。密着している部分がどんどん熱を孕《はら》み、その熱があっという間に全身に伝播《でんぱ》して、指の先まで熱くなっていく。顔も熱い。めっちゃ熱い。いまにも火を噴きそうだ。

(……暗くてよかった)

火照《ほて》りを持て余しているうちに、不意に顎を摑まれた。頤《おとがい》を大きな手ですっぽり覆い込み、くいっと持ち上げた響が、皮肉げに唇を歪める。

「化粧したオンナの顔で誘うなよ」

「は？」

「妙な気分になるじゃねえか」

「なに言って……」

反駁《はんばく》の声を発しかけた唇を、親指の腹でくにゅりと押しつぶされる。

「……痛っ」

とっさに開いた上唇と下唇の隙間から、節くれ立った指が入ってきた。指の腹についていたリップのぬるっとした感触が口腔《こうこう》に広がる。その感触に気を取られているあいだに、親指が歯列をなぞり、歯茎を擦り、頬の内側の粘膜をさすった。くちゅっ、ぬちゅっと濡れた音が鼓膜に響く。

「ん……んっ」

なんとか指の陵辱《りょうじょく》から逃れようとしたが、顎をがっしりとホールドされているので果たせない。

口のなかを犯されるという初めての体験に、眼球を涙の膜が覆う。

さらには舌の裏側を指の腹で撫で上げられ、びくんっと体がおののいた。

「……ふっ……んん」

直後、自分でもびっくりするくらい甘い息が鼻から漏れて、こめかみがカーッと熱を持つ。

(なんだ、いまの……まるで感じてるみたいな)

「……シンゴ」

響が虚《きょ》を衝《つ》かれたみたいに両目を見開く——その表情を見たら、いよいよ羞恥心が込み上げてきて、眦《まなじり》にじわっと涙が滲んだ。

(なんだよ。なんでおまえ、こんなこと……するんだよ)

苛立《いらだ》ちからがむしゃらに首を振り、顎の拘束を振り解く。

「離せよっ」

自分の置かれている状況も忘れて叫んだとき。

「いたぞ！　この下だ！」

「プリンセス、ゲットーッ!!」

頭上からテンションの高い叫び声が届き、戸板が引き上げられた。ライトの光を複数浴びせかけられて、反射的に目を瞑る。

「戻ってきやがったか……くそ」

唸《うな》り声と同時に響が俺の上から身を起こし、そのまますっくと立ち上がった。

「ええっ!?」

突如地下から現れた大男に驚き、不意打ちを食らった声が響く。

「平間じゃな……」

響に遅れること数秒、地上に顔を出した俺の目に、荒ぶる守護神が勇者の一人を片手で吊り上げているシーンが映り込んだ。

「うわーっ」

宙吊りになった勇者1の後ろで、勇者2と3が呆然と立ち尽くしている。響が空中でぱっと手を離すと、勇者1はテラコッタの山に尻餅をついた。ガシャッ、パリッと素焼きの鉢が割れる。

「やべ。神蔵じゃん!」

「マジかよ。なんでやつがここに……」

顔を引きつらせて囁き合う勇者2と3を、響がじろりと睨みつけた。びくっと肩を揺らした二人が、眼光に圧されるようにジリ……と後ずさる。鋭い眼力で勇者たちを威嚇《いかく》しつつ、響が俺に片手を差し出してきた。俺がその手を取ると、地下室からぐっと引き上げてくれる。

「退け」

横に並んだ俺の手を摑んだまま、響が勇者たちに向かって低く凄んだ。

「…………」

勇者が黙って二手に分かれ、道を作る。彼らに油断なく目を配りながら、あえてゆっくりとした足取りで出口へと向かった響が、温室の外に出るなり俺の手を引っ張った。

「走るぞ！」


暗い原生林のなかを無我夢中で走る。走って、走って、限界まで走り続けた。

「はあ……はあ」

胸が焼けそうに熱くて苦しい。足の裏が痛い。きっと豆ができている。

痛い。苦しい。痛い。

しまいにはそれしか考えられなくなり、気がついたら脚が攣って、転んでいた。起き上がる気力も湧かずに、地面にへたり込んでいると、先を走っていた響が気がついて戻ってくる。

「大丈夫か？　怪我は？」

その問いかけには首を振った。

「でも……も……無理」

「弱音を吐くな」

叱咤激励する響の額にも、びっしりと玉の汗が浮いている。

「あと三十分だ。三十分がんばれば、回数券はおまえのものなんだぞ」

わかってる。だけどもう一生分、走った。これ以上は、どんなに叱られようと、励まされようと、一歩たりとも動けない。

「おまえには……感謝してる……けど」

みなまで言い終わる前に、二の腕を鷲掴《わしづか》みにされた。

「泣き言を吐く体力があったら立て！」

「だめ。もう走れな……」

「走れないならせめて歩け」

強い力でぐいっと引っ張り上げられる。

(も……許して……よう)

勝負を降りることを許さない男に引っ立てられた俺は、よろよろしながら頑強な背中を見た。

黒いカットソーの背中が、汗でぴったり張りついている。限界が近いのは俺だけじゃない。響だって、かなり疲れているはずだ。なのに、俺を助けるために体を張っている。

「お……まえ」

思わず声をかけていた。

「なんで……ここまでしてくれるんだ？」

響は振り向かない。ただ、ぶっきらぼうな回答だけが返ってきた。

「……親友が男にキスされてうれしいやつがいるか？」

「……響」

胸がジーンと痺れる。

過保護で、小言ばっかりで、「おかんかよ？」とか思っていたけど……ごめん、俺が悪かった。

おまえやっぱり、いいやつじゃん。

保護者ヅラを疎《うと》ましく思っていた自分を反省した直後、前方の木の陰からバラバラと現れた人影に息を呑む。

「――――！」

七……いや、八人の男たちが、俺たちの行く手に立ち塞がった。ざっと顔を確認したが、学年もクラスもバラバラのメンツだ。それにしても八人は多い。

「ど……どうしよう」

焦る俺を、響がすっと片手で後ろに押しやった。大きな肩の背後から前方を窺う。

集団のセンターに立つのは長身の優男《やさおとこ》――同学年の高橋《たかはし》という男だ。噂じゃ実家が財閥系企業オーナーのボンボンらしいが、入学式から「きみに一目惚れしたよ、モナムール」だのなんだのとつきまとってきて超うざい。相手にしないでスルーしていたら、勝手に『平間シンゴFC《ファンクラブ》』なる組織を発足させ、会長に納まっていた寒いやつ。そう思って改めて見れば、高橋以下七名はすべてファンクラブの会員だ。

「神蔵くん、助っ人はルール違反だろう」

腕組みをした高橋の告発に、響が眉根を寄せた。

「七人も助っ人を従えたやつに言われたくないな。——ついでに突っ込めば、道具を使うのもルール違反なんじゃないのか？」

響の指摘どおり、男たちは各々の手に木刀やバット、ロープを持っている。なかには巨大な昆虫採集網を手にしているやつもいた。……俺はカブトムシか？

「生け捕りにして、タイムアップまで捕獲《ほかく》しておこうって魂胆《こんたん》か」

響の低いつぶやきを耳にした瞬間、頭にカッと血が上った俺は、怒りに任せて背後から飛び出した。仁王立ちで男たちを睨みつけ、片足をドンドンと踏み鳴らす。

「舐めやがって……くっそ……ぶっ飛ばす！」

俺の精一杯の恫喝《どうかつ》に対して、男たちのリアクションは予想外のものだった。一斉に体を捩《よじ》って身悶《みもだ》え始めたのだ。

「はい、怒り顔いただきました〜」

「心のシャッター押しまくり！」

「ぷんぷんシンゴ、かーわいいいっ」

「ひゅーっ、ひゅーっ」

指笛と黄色い歓声に、ゾゾゾとサブイボが立つ。

ただでさえ、隠し撮りされたり下着を盗まれたり妄想ラブレターを押しつけられたりと、ファンクラブ会員のセクハラ三昧《ざんまい》には、日々忍耐を重ねてきていたのだ。

こいつらさえいなければ、自由に短パンで出歩けるものををを……。

「てめーらキモいんだよっ」

ブチ切れた俺の腕を響が摑み、ぐいっと引っ張って、ふたたび自分の後ろに引き戻した。

「おまえはあの木の陰に隠れていろ」

響が顎で示したのは、五メートルほど後方にあるぶっとい木だ。

「でも、おまえ一人じゃ……」

いくら響が強くても、今回ばかりは相手が多すぎる。そう思って訴えたけど、悪友は無表情に、

「いいから、行け」と繰り返すだけだった。

「おまえがいても却《かえ》って足手纏いだ」

う……。それを言われると、反論できない。

「なにがあっても出てくるんじゃねえぞ」

ドスの利いた声で釘を刺された俺は、不承不承《ふしょうぶしょう》、指定された木まで撤退した。

「さすがの神蔵くんも、八対一は無謀なんじゃない？」

圧倒的数的優位に気が大きくなっているらしく、会長の高橋が腕組みしてふんぞり返る。

「そいつはどうかな」

響の不敵な笑みにむっとしたのか、高橋は傍らの男に「行け」と命じた。

「ウオーッ」

自分を奮《ふる》い立たせるような奇声をあげて、木刀を振りかざした男が突進してくる。

（……ヤバい！）

一瞬ひやっとしたが、響は上半身の振りだけで、男の木刀を避けた。空振りして勢い余った男の腹に膝で蹴りを入れる。

「うげっ」

膝蹴りをモロに食らった男が呻《うめ》きながら前のめりに倒れた。

「くそっ！　みんなでかかれ！」

一人目の撃沈を見た高橋が号令し、得物《えもの》を手にした男たちが次々と襲いかかる。

「おりゃあ！」

「死ねっ」

日頃の鬱憤《うっぷん》をいまこそ晴らさんとばかりに、波状攻撃を仕掛けてくる男たちを、響は最小限の動作で倒していく。よく見れば響のほうから仕掛けることはなく、相手の攻撃を利用して、迎え打っているようだ。多勢《たぜい》に無勢《ぶぜい》の戦況に適した闘い方ということなのかもしれない。

自陣をほとんど動かないので、体力の消耗も少ない。動作は淀みなく滑らかで、ここぞというタイミングもばっちり。急所を狙い澄まし、ほぼ一撃で仕留めている。

「ふえええー……」

思わず口からため息が漏れた。的確な判断力と卓越した身体能力の融合——マジ最強。ぜったい敵に回したくない。〝無敵伝説〟の由縁《ゆえん》を、つくづく思い知らされた。

地面に伸びている敵の数を数えていた俺は、はっと息を吞んだ。

（三……四……五）

「後ろ！」

俺の声で半身を返した響が、いままさに振り下ろされようとしていたバットを寸前で避ける。

ブンッと風を切る音が俺の耳まで届いた。男がふたたびバットを構える前に、響がザッと踏み込んで、みぞおちに右ストレートをお見舞いする。

「ぐ、げえっ」

蛙《かえる》が潰れたような声を発して、男が地面に伸びた。

ほっと胸を撫で下ろし、親友の孤軍奮闘《こぐんふんとう》ぶりに声援を送る。

「響、いけっ……いてこましたれ！」

応援に熱中していた俺は、背後から忍び寄ってくる人の気配に気がつかなかった。肩にぽんと手を置かれて、はっと身をすくませる。

「………っ」

振り返る猶予も与えられずに、後ろから羽交《はが》い締《じ》めにされた。

「静かにして」

この気取った声は高橋？　いつの間に⁉

「離せっ」

叫んで足をばたつかせたら、手で口を塞がれてしまった。

「う……ぐ……う、う」

「暴れないで。かわいいきみを傷つけたくない」

俺を羽交い締めにしたまま、高橋がジリジリと後退していく。

「そのドレス、すごく似合ってるよ。欲を言えばメイドコスがよかったな。ネコミミもつけてね。きっととてもキュートだったに違いない」

ねっとりとした息を首筋に吹きかけられ、鳥肌が立った。

こんなやつが優勝するなんていやだ。こいつとキスするなんて死んでもいやだ!!

(響!)

声を出せないから、心のなかで名前を呼ぶ。

——助けて! 響!

その声が届いたのか、否か。最後の一人を地面に沈めた響が、こちらを振り向いた。俺を羽交い締めにする高橋を見て、頑強な肉体から、たちまち剣呑《けんのん》なオーラを立ち上らせる。

「高橋、コラ!」

鬼の形相《ぎょうそう》で威嚇された高橋の肩がびくっと震えた。わずかに拘束が緩んだ一瞬の隙を逃さず、高橋の手にがぶっと噛みつく。

「てーっ!」

悲鳴をあげる高橋に、さらに肘鉄を食らわした俺は、「うっ」と呻いてよろめく男から逃げ出した。

「シンゴ！」

「響！」

駆け寄ってきた響と合流するなり、大きな手が伸びてきて、手首を掴まれる。

「走るぞ！」

その声を合図に、最後の力を振り絞って走り出す。途中でちらっと背後を見やると、何人かの勇者の姿が小さく見えた。振り向くたびに数が増えていく。

「す……すごい数が追ってきてる」

「振り切るぞ」

最後のワンチャンを狙う総勢二十人近くの勇者を従え、俺と響はゴールを目指して走った。

前方に、三時間前のスタート地点でもある鉄の門が見えてくる。

（見えてきた！　あと少しだ！）

一方、追っ手は後方十メートルの距離まで迫ってきていた。背後に感じる荒い息と複数の足音にひやひやする。あいつらに追いつかれたら……ここまでのがんばりが水泡《すいほう》に帰《き》してしまう。

（がんばれ！）

自分に気合いを入れた。いまがんばらなくて、いつがんばるんだ！

息が上がる。額から流れ落ちた汗が目に入って痛い。視界が霞む。

開け放たれた門に、白いテープが張られているのがぼんやり見えた。

あれがゴールで、先頭に立つ細いシルエットはきっと貴水だ。

「気張れ！　あと十メートルだ！」

響に力強く励まされ、俺は残っている気力と体力を掻き集め、渾身《こんしん》の追い込みをかけた。


「ジャスト零時！　タイムアップ！」

鉄の門に駆け込んで、響と同時に白いテープを切った瞬間、貴水のハスキーボイスが響き渡った。倒れ込むようにして、地面に両手と膝を突く。はあはあと息を整えていたら、後続の勇者たちも続々と駆け込んできて、力尽きたようにバタバタと倒れ込んだ。

「ちくしょー！」

「くっそー、あとちょっとだったのに！」

地面を叩いたり、空に吠えて悔しがる彼らを横目に、じわじわと実感が込み上げてくる。

（……やった）

ついに、ついに逃げ切った！　やったんだ！　やり遂げたんだ！

「回数券、ゲットおおおお！」

歓喜の雄叫《おたけ》びをあげる俺の手首を、響が摑んで高く掲げた。すると、貴水が高らかに宣言する。

「勝者、神蔵響！」

「……へ？」

俺は響に持ち上げられた右腕をぽかんと見つめた。事情が呑み込めず、数秒間自分の手を眺めたのちに、貴水を見る。

「ちょ、響が勝者って？」

「深夜零時にプリンセスを捕まえてゴールした者が勝者。そういうルールだったでしょ？」

貴水がしれっと答えた。

「え……え……ええーっ」

遅ればせながらやっと事情を理解して、傍らの〝勝者〟をばっと振り返る。首筋の汗を拭っていた響が、鷹揚《おうよう》に労《ねぎら》ってきた。

「ヘタレのおまえにしちゃよくがんばった」

ぽんと肩を叩かれて呆然とする。

「そ……そんな」

響に労われて終わり？　じゃあ俺の恥を忍んだ女装は……ねずみに嚙《かじ》られながら耐えた生物準備室は……木登りは……人生一番の走り込みは……回数券は……全部、パア？

ふっと意識が飛びかけたが、あわてて引き戻した。

待て待て。これは気絶してる場合じゃないぞ。

「ま……まさかとは思うけど、よもやひょっとして、はじめからそのつもりで？」

動揺が激しい俺の追及に、勝者はにっと唇を横に引いた。

「やはり報酬があると、同じお守《も》りタスクでも張り合いが違うな」

「お、おま……おま……おまえぇぇえええ」

嘯《うそぶ》く男に怒りのあまりに頭から湯気を出していて、はっと気がつく。

「つーか、おまえ、三十人の勇者のなかに入ってないじゃん！　無効だ！」

鬼の首を取った勢いで叫ぶと、貴水が「ああ、その件ね」と横から口を挟んできた。

「アンタには言い忘れてたけど、生徒会推薦の特別シード枠があったのよ。つまり、勇者は三十一人いたの」

「三十一人？　でもそれじゃトトカルチョが成り立たな……」

「レース開始三十分前のトトカルチョの最終申し込みのタイミングで、みんなには発表済み。ギリギリだったから、アンタや勇者たち――参加者には伝わらなかったみたいね」

「……三十分前とか、ぜったいわざとだろ！」

「発表したとたん、オッズ一・一なのに響に集中しちゃってさー。ま、なかには大穴狙いでアンタに賭けたギャンブラーもいたみたいだけど」

「うがーっ!!」

天を仰いで頭を掻きむしる。この三時間の逃避行のあれこれが、走馬灯《そうまとう》のように脳裏を駆け巡った。

――あと三十分だ。三十分がんばれば、回数券はおまえのものなんだぞ。

――泣き言を吐く体力があったら立て！

――……親友が男にキスされてうれしいやつがいるか？

俺のためを思っているかのような叱咤激励の数々、殊勝な台詞にすっかり騙された。

なのに、〝ごめん、俺が悪かった〟とか〝やっぱり、いいやつじゃん〟とか胸アツになったりして……俺のばか。

「これくらいの役得《やくとく》がなくっちゃアンタのお守りなんてやってられないって。——ね、響」

同意を求める貴水に、響が「まあな」と肩をすくめる。

「きったねえぞ！　おまえら、はじめからグルだったんだな!?」

貴水がレースの話を持ちかけてきたあのときから二人は共犯者で、すべてはシナリオに則《のっと》った芝居だったのだ。

ここに来てようやくからくりの全貌を知った俺は、極悪非道な保護者コンビを睨みつけた。

「やーねえ、グルなんて聞こえが悪い」

「実のところ、体を張って実力で勝ち取ったんだから、なんら疚《やま》しいところはないわけだ」

二人してよくもいけしゃあしゃあと！

「ちくしょう！」

裏切り者に摑みかかると、俺の手首をあっさり摑んで引き寄せた響が、耳許に囁いた。

「そうピリピリするな。労働に見合った報酬はちゃんと分けてやるさ」

「ンなお情け、いらねえよ！」

欲に目が眩んで、悪友二人に利用された自分が情けなくて悔しくて、マジで涙が出てくる。

地団駄《じだんだ》を踏んだ俺は、涙で滲んだ満月に向かって絶叫した。

「俺のばかーっ！」

プリンセスとのキスという勇者たちの欲望が散った夜——当のプリンセスの野望もまた、儚《はかな》くも砕け散ったのだった。


「——なーんてこともあったよなー」

ベッドに俯せの体勢で、封書の中身に目を通していた俺がひとりごちると、重ねた枕に背中を預けてハードカバーの単行本を読んでいた響が「なんだ？」と視線を向けてきた。

数少ない特技を活かして現在グラフィックデザイナーで生計を立てている俺は、入稿を一本終えた昨夜から、隣室である響の部屋に居座っていた。〝奥多摩一の暴れん坊〟から八年のブランクのあいだに渋谷中央署の刑事になっていた響と、久方ぶりに休みが合ったからだ。

休みなんてあってなきがごときフリーランスの俺と、ひとたび事件が発生すれば休日返上で捜査にあたらなければならない響とは、なかなかオフのタイミングが合わない。日曜日に二人一緒に休めるなんて、本当にひさしぶりだった。

今朝は十時過ぎにぼちぼち起き出して、散歩がてら、二人で近所のスーパーまで買い物に出かけた。買ってきた食材で響が作った昼食を食べ、食後は一緒にＤＶＤを観たり、タブレットで動画を観たり、本を読んだりと、休日らしいゆったりとした時間を過ごしていたのだが。

「昔のこと、思い出してた」

「昔？」

「『プリンセス星陵争奪戦』」

そう答えて、さっき買い物の帰りに響がポストから取ってきた、母校からの「同窓会便り」をひらひらと振ってみせた。母校に不義理しっぱなしの俺と違って、意外や響はちゃんとここの住所を同窓会事務局に通達済みらしい。
○期生の誰それが結婚したとか、このたび○○先生が退職されますとか、懐かしい名前を眺めているうちに、はるか昔の記憶が蘇ってきて——束の間、高校時代にトリップしてしまっていたわけだ。
「プリンセス星陵……ああ……アレか」

響が、遠い記憶が蘇ったと思《おぼ》しき声を出す。流れでおのれの極悪非道な仕打ちも思い出したのか、気まずそうな表情をした。

その顔を見たら、今更とは思いつつ無性に腹が立ってきて、俺は傍らの男を睨みつける。

「俺、あのときの仕打ち、まだ許してないからな」

すっと視線を外した響が、さりげなく本で顔を覆った。

「結局、回数券は貴水とおまえとで三等分しただろ」

「そういう問題じゃない！」

手のひらで、筋肉質の二の腕をぱしっと叩く。

「俺の純情はおまえたちに踏みにじられたんだからな。二人を親友だって信じていたのに！」

響が眉をひそめ、ハードカバーの単行本をぱたんと閉じた。ふーと深いため息を吐き、眉間を指で揉む。

（いくら神妙なツラしたって無駄なんだよ）

そんなパフォーマンスに誤魔化《ごまか》される俺じゃない。そんなに簡単じゃない。

あのときは保護者コンビに丸め込まれてしまったが、あれから十年の歳月を経《へ》て、俺は変わった。いまはもう、酸《す》いも甘いも嚙み分けた、立派な大人だ。

心持ち胸を張って、往時《おうじ》の不正を糾弾《きゅうだん》する。

「おまえと貴水は私利私欲のために結託して、いたいけな俺を騙し……」

びしっと人差し指を突きつけた手を摑まれ、ぐいっと引かれた。

「うわっ」

バランスを崩した俺を、素早く反転した響が体の下に敷いて、両手首を押さえつける。

「……なにす」

文句を言いかけた唇を唇で塞がれた。

「……っ……」

抗おうと思ったけど、両手首をホールドされている上に、腰から下は重量級のウエイトに乗っられているので、びくりとも動けない。

「……ふ……ん、んンっ」

熱っぽい唇で覆われ、硬い舌先で隙間をつつかれる。固く閉じた唇を根気強くほぐすように、ざらついた舌で何度も何度も舐められて――。

(だめだ……流されちゃ……だ……め)

理性は懸命にブレーキをかけるのに、体が言うことを聞かない。

ああ、快楽にとことん弱い自分が憎い……。

気がつけば俺は、響の熱い舌を口腔内に受け入れ、求められるままに歯列を開いていた。夢中で舌と舌を絡め合い、もはやどちらのものなのか、わからなくなるまで唾液を混ぜ合う。粘膜を愛撫し合う。

口腔内をたっぷり貪り尽くしたあとで、唾液の糸を引きながら、響の唇がゆっくり離れた。

「な……んだよ……いきなり」

流された自分への照れ隠しも手伝い、視線の先の顔を睨みつける。

意志の強さを表すくっきりと太い眉。

黒い瞳の奥に、豊かな感情を湛《たた》えた双眸。

まっすぐで高い鼻梁。

オフィシャルでは明晰《めいせき》な分析を語り、プライベートでは俺を蕩《とろ》かす、肉感的な唇。

離れていた八年のあいだに人生経験を積み、そのぶん味わいを増した浅黒い貌が近づいてきて、宥《なだ》めるようなキスがこめかみに落ちた。

「あのとき、プリンセスのキスをもらわなかったからな」

濃厚なキスの余韻みたいな、少し掠れた低音で囁く。

「……今頃？」

何年寝かしてんだよと噴き出しかけて、ふと思った。

そういやあのとき、温室の地下室でもこんなふうに響の顔を見上げて――それだけで心臓が破裂しそうにドキドキしたっけ。

やっぱり俺、あの頃から、こいつのことが好きだったんだな。

――いや。

心のなかで首を振る。

そうじゃない。たぶん……入学式で隣り合わせた、人一倍体の大きなクラスメイトが気になって気になって仕方がなかった、あのときから――。

改めてその事実に思い至り、長くこじらせた初恋に、じわっと胸の奥が熱くなった。

「せっかくの日曜だ。どこか出かけるか」

響が髪をやさしく撫でて、機嫌を取るように尋ねてくる。

返事の代わりに俺は、恋人の首筋に手をかけ、そっと引き寄せた。唇に唇を重ねて囁く。

「もう少し……してから」

甘い拘束

タフ5巻収録「Act.7 ホット ターゲット」の後のエピソード。恋人同士になったものの、過保護な響にシンゴは…。

「いいか？　今日一日は安静にして出歩くなよ？　患部が痛むようなら病院に行け。その際、移動はタクシーを使え」

朝の出署前、俺の部屋に顔を出した響が、すでに今朝何度目かになる文言《もんごん》を繰り返した。

「あー……うん」

俺が曖昧《あいまい》な返事をすると、眉間にぴきっと筋を作り、厳しい表情で「本当にわかっているのか？」と確かめてくる。

「……わかってるよ」

ぼそぼそと答える俺の顚を、響の大きな手が鷲摑みにして持ち上げた。至近距離から、鋭利な眼差しに射貫《いぬ》かれる。無言の圧に耐えかねて視線を逸らしたら、顎をぎゅっと締め上げられ、「ちゃんと俺の目を見ろ」と命じられた。

「痛いって」

「目と目を合わせて、大きな声ではっきり誓え」

仕方なく視線を戻す。漆黒の瞳を見つめて右手を挙げ、「一日安静にします。移動はタクシー」と唱和する。

「よし」

ようやくお許しが出て、顎から手が離れる。ほっとした俺は「急がないと遅刻なんじゃないの？」と指摘した。響が左手首の腕時計を見る。直後に、ちっと舌打ちをして踵を返した。ドアノブを摑んで回したものの、ドアは開けずに上体を捻り、「ぜったい安静だぞ？」と、さらに念を押してくる。

「もー、しつこいな。わかった。わかったって。ほら、遅刻すんだろ。行って行って」

スーツの背中を押して、玄関を占拠していた百八十六センチの大男を外に追い出した。ドアからマンションの内廊下に顔を出し、エレベーターホールへ向かっていく後ろ姿に声をかける。

「今日、帰りは？」

「土曜だからな。突発の事件でも起こらない限り、七時には戻れるはずだ」

「わかった。いってらっしゃい」

手を振って、恋人を送り出した俺は、ドアを閉めて「ふー……」とため息を吐いた。

（てこずった……）

今朝、響を送り出すのに、これだけてこずったのにはワケがある。

コトの起こりは昨夜の九時過ぎ——。

恋人の部屋で、恋人が作った食事を一緒に取ったところまでは、いつもの週末だった。違ったのは、アクアパッツァと共に供《きょう》された白ワインを呑みすぎたこと。一本大きめの仕事が終わった&週末の解放感が重なり、ついついグラスを重ねてしまった。しかも、ほぼ徹夜に近いバッドコンディションで。その結果、どうやら本人が自覚するより、酔いが回っていたらしい。

「酔った～」

いい気分になった俺は、千鳥足《ちどりあし》でソファに駆け寄ろうとして、ローテーブルの脚に左足の小指をしたたかぶつけた。刹那、眼裏《まなうら》で火花が散り、「いってーっ」と叫ぶ。

「どうした!?」

ぶつけた小指を押さえてフローリングで悶絶《もんぜつ》する俺に、響が駆け寄ってきた。

「こ、小指、ぶつけた〜」

涙声で訴える。

「見せてみろ」

患部をチェックした響が、慎重な手つきで、そうっと小指を動かした。

「骨折はしていないようだな。おそらく打撲《だぼく》だろうが、ヒビが入っている可能性も捨て切れない。明日になっても痛むようなら病院に行ったほうがいいが、ひとまず、腫《は》れて熱を持った患部を冷やす」

氷嚢《ひょうのう》で一時間ほど冷やしたあと、湿布を細く切って小指に巻きつける。薬指を添え木代わりにして、伸縮性のあるテープで二本の指を固定した。適切な処置のおかげで痛みが軽減し、親指側に体重をかければ歩けるようになる。

「今夜はもう部屋に戻って寝ろ。風呂は控えろよ」

響にそう諭され、実のところまだ小指がズキズキしていたので、大人しく隣の自室に戻った。

酔いも手伝って、そのまま就寝。前日に寝ていなかったせいでぐっすり熟睡して――朝の八時頃、切迫した尿意で起きた。半覚醒の体と頭でトイレに行き、用を済ませて個室から出ようとしたときだった。左足の小指をふたたびドアの角にぶつける。

「……っ……っ」

眠気も吹っ飛ぶ衝撃に声も出ない。

（な、なんでだよ？　普段ぶつけたりしないのに、なんで同じ場所を立て続けに!?）

トイレの前の廊下にうずくまり、痛みが引くのを歯を食いしばって待っていると、ガチャッと玄関のドアが開いた。

「シンゴ？　どうした？」

「響ぃ……」

すでに出かける準備を済ませた響が、心配そうな面持ちで部屋に上がってくる。どうやら小指の件を気にかけて、出署前に立ち寄ってくれたようだ。

タイミングがいいんだか、悪いんだか……。

俺から事情を聞いた響の顔が曇る。なんでおまえはそうなんだと言いたいのを、我慢しているのがわかった。……俺だって、自分を小一時間問いつめたい心境だよ。

それでも響はちゃんと小指をもう一度見てくれて、湿布を取り替え、テーピングし直し——冒頭のやりとりに繋がるワケだ。

やっちまったのは事実なので、しつこいくらいに念を押されても仕方がない。響がおかん気質で過保護なのは、昔からだし。

修羅場《しゅらば》明けの土曜日で、せっかくの天気。ひさびさ街に出たかったけど。

（しゃーない。響が帰ってくるまで、大人しく部屋で過ごすか）

ソファに寝転がって溜まっていたテレビ録画を消化しつつ、午前中を過ごした。

十二時過ぎ。腹が減ってきたし、そろそろ昼飯の支度をするか（といっても、響が作ってくれたカレーをチンするだけだが）と思って立ち上がったタイミングで、着信音が鳴り響いた。手に取ったスマホのホーム画面には、仕事先である広告代理店の担当者の名前が表示されている。あわてて通話ボタンを押した。

「はい、平間です。お世話様です。はい……ええ……はい……えっ」

担当者いわく、俺がデザインしたカタログの再校が出てきたが、商品の色が実物と異なっており、土曜も営業しているクライアントからクレームが入ったとのこと。一回目の色校正が出てきたのは今週の頭。初校の色があまりよくなかったんで、かなり赤字修正を入れて印刷所に戻したのだが、再校に反映されなかったらしい。

『これで校了は不安だから、できれば三校取りたいんだけど、平間くん、いまからこっちに来られるかな？　三時半にクライアントが赤字を持って来社する予定になっていて、印刷所の担当者も呼んであるから、うちでそれぞれの赤字を付け合わせて戻すってことで』

一瞬、響の怖い顔が脳裏に浮かんだけど、このカタログはもともとタイトな日程で、納期が迫っている。三校まで取るなら、今日中になるはやで戻すしかない。

「大丈夫です。いまから伺《うかが》います」

二つ返事で通話を切った。小指が濡れないよう、左足にビニールを被せて、急いでシャワーを浴びる。続いて身支度。白シャツに霜降りスウェット素材のリブパンツ。それだけじゃ寒いかなと思ってステンカラーコートを羽織った。トートバッグのなかに、ノートＰＣを入れる。出先でデータを修正する可能性もあるからだ。

玄関で靴を履く段で、ちょっと迷った。スニーカーだと小指が圧迫されそうなので、つま先の部分が丸いデザインのブーツを選ぶ。その場で足踏みしてみたが、痛みはない。これならなんとかいけそうだ。

(とはいえ、響と約束したし……タクシーで行こう)

そう思って明治《めいじ》通りまで出たものの、空車が走っていない。しばらく路肩で待ってみたけれど、流しのタクシーはすべて乗車中の赤ランプ表示だった。時間が迫ってきたので、仕方なく歩き出す。空車が通りかかったら止めよう、止めようと思っているうちに、渋谷区神泉町《しんせんちょう》にある広告代理店に着いてしまった。

「平間くん、待ってたよ!」

焦り顔の担当者に呼ばれ、「遅くなってすみません!」と駆け寄る。打ち合わせスペースのデスクに、再校を広げて色味をチェックした。ひととおり見終わった時点で、クライアントと印刷所の担当者が到着。それぞれの赤字を統合して、戻し用の校正用紙に転記した。文字の変更も入ったので、その場でデータ修正を行う。直したデータを念のためにプリンターで打ち出し、クライアントにチェックしてもらい、印刷所のクラウドストレージにアップロードして完了。

「火曜日の午前中に三校をお届けします」

そう約束した印刷所の担当者が、赤字入りの再校を抱えて打ち合わせスペースを飛び出し、クライアントが「お疲れ様でした」と挨拶をして帰っていった頃には、すっかり陽も暮れていた。

そういえば今日一日、朝淹《い》れた珈琲《コーヒー》以外なんにも胃に入れてない……と気がついたのは、広告代理店を辞して道玄坂《どうげんざか》を下り始めてから。飲食店から漂ってくるにおいに、きゅるきゅると腹の虫が鳴く。

うまそうな炒め物のにおいにふらふらと引き寄せられかかったが、ぐっと堪えた。七時には響が帰ってくるのに、いま食べちゃったら、晩ご飯を一緒に食べられない。

誘惑を躱して、神宮前のマンションに辿り着き、自分の部屋で靴を脱いだとたんだった。左足にズキッと痛みが走る。その痛みで、すっかり失念していた小指の存在を思い出した。

そうだった。打撲してたんだった。

片足ケンケンでリビングまで行って、ソファに腰を下ろし、おそるおそる靴下を脱いで、テーピングと湿布を外した。

「うわ……腫れてる」

患部が今朝より明らかに腫れて変色している。結局、道玄坂の上まで歩きで往復しちゃったし、広告代理店のなかでも、立ったり座ったり、結構動いていた。知《し》らず識らずのうちに、患部を圧迫していたのかもしれない。

――いいか？　今日一日は安静にして出歩くなよ？

朝の執拗《しつよう》なまでの響の念押しが蘇ってきて、首筋にうっすら汗を掻く。安静どころか、一万歩近く歩き回ったことがバレたら大目玉だ。

(隠しとおさなきゃヤバい)

あわてて新しい湿布を持ってきて貼り直し、上からテーピングし、コートとトートバッグをクローゼットにしまい——〝外出なんかしていません。ソファにずっと座っていました〟の体《てい》を装って、恋人の帰宅を待つこと三十分余り。玄関のドアがガチャッと開く音がした。

（帰ってきた！）

ほどなく内扉が開き、朝出ていったときと同じスーツ姿の響がリビングに姿を現す。自分の部屋には寄らずに、まっすぐここに来たらしい。

（あれ？　なんか顔が険しい……？）

憮然とした顔つきでソファまで歩み寄ってきた強面《こわもて》刑事が、俺の前に立った。容疑者を見るような疑惑に満ちた眼差しでじっと見下ろされ、じわっと脇汗が滲む。俺は引きつった唇の両端を上げて、無理矢理笑顔を作った。

「……おかえり」

「玄関の鍵がかかっていなかったぞ」

低音の指摘に、ドキッと心臓が跳ねる。

「まさかどこかへ出かけたのか？」

いきなりのピンチ！　俺は口をパクパクさせながら、頭を懸命に巡らせた。

「に、荷物……そう宅急便が届いて……受け取ったあと、かけ忘れちゃったんだと思う……」

「……なるほど」

言葉とは裏腹に、その表情《かお》はぜんぜん納得していない。

（めっちゃ疑ってる！）

針のむしろとは、まさにこのことだ。つーっと冷たい汗が背筋を滑り落ちる。

「午後に何度か様子伺いのメールをしたが、返事がなかったな」

「メール？　……くれてたんだ」

（やべ。バタバタしててチェックしてない……）

ますます汗が噴き出してきて、白シャツの生地が背中にべったり張りつくのを感じた。

「打撲の具合はどうだ？」

「だ……だいぶいいよ」

「そうか。見せてみろ」

「えっ……」

狼狽《うろた》えた声が出た。いや、よく考えたら、そう来るのは当然の流れなんだけど。

（ど、どうしよう）

ソファの上で固まっていたら、響がおもむろに床に膝を突き、俺の左脚を掴んだ。

「あっ……ちょっ」

履いていたルームシューズを取られる。小指を見た響が、顔を上げた。

「テーピングし直したのか？　湿布も替えたな？」

湿布のカットがいびつだわ、テーピングもヨレヨレだわで、今朝響がしてくれた処置と違うのは一目瞭然《いちもくりょうぜん》。シラを切るのは無理筋だ。俺がフリーズしているあいだに、伸縮性のテープと湿布を剝がした響が、ぴくっと肩を揺らした。

「……腫れて変色しているぞ。昨日より悪くなっているのは、どういうわけだ？」

鋭い眼光で睨み上げられ、俺はへどもどと口ごもる。

「そ、それは……その」

湿布を貼り直して、テープをきっちりきれいに巻き直した響が、すっくと立ち上がった。

「誓いを破って出歩いたな？」

「ふ、不可抗力だったんだって！　……仕事でクライアントから呼び出されて、現場で対応しないと納期が間に合わない案件で……っ」

あっさりゲロった俺を、響が冷ややかな眼差しで睥睨《へいげい》する。

「移動にはタクシーを使ったんだろうな？」

「そうしようと思ったんだけど……捕まらなかった」

消え入りそうな声で言い訳した直後、響のこめかみに、目視《もくし》でわかるほど血管が浮き上がった。

全身からゆらゆらと怒りのオーラが立ち上る。

「おまえは……どうしてそうなんだ」

はーっと聞こえよがしなため息を落としたあと、無精髭が浮いた顎をガリガリと搔いた。

「ばかなのか？」

憤りを通り越し、呆れ果てたような声音に、胸がツキッと痛む。

面罵《めんば》されるより、そっちのほうがメンタルに刺さるのだと知った。心の奥深くに、いつか響に見捨てられるんじゃないかっていう、拭いがたい不安があるからかもしれない。

「ばかとか言うな！　空車が走ってなかったんだから仕方ないだろ!?」

胸に巣くう不安感を吹き飛ばそうと、ムキになって声を張り上げた——が。

「流しが捕まらないなら、配車アプリでタクシーを呼べ。なんのためのスマホだ？」

冷静なツッコミにぐっと詰まる。たしかに言われてみればそうだ。でも、昼間は焦っていたせいもあって、そこまで考えが及ばなかった。

愚か者を見るような響の冷たい視線に、ぎゅっと唇を噛み締める。

自分の分《ぶ》が悪いのはわかっていた。響の忠告を無視した挙げ句、症状を悪化させてしまったのだから。自業自得だし、自分が蒔《ま》いた種だ。

だけど……このまま非を認めて謝るのは……なんだか腹立たしくて……悔しくて。

俺だって遊びで歩き回ったわけじゃない。一刻を争う仕事の呼び出しだから、応じるほかなかった。その結果は自分で引き受けている。響にねちねち嫌みを言われる筋合いはないはずだ。

一方的に責められている現状に納得がいかず、響を睨み返す。すると視線の先の浅黒い貌が、じわりと眉根を寄せた。

「……なんだ、その目つきは？　おまえの辞書には反省の文字はないのか？」

「俺の辞書にあろーがなかろーが、おまえには関係ねーだろ？　そもそもどこに行こうが、どうやって行こうが俺の自由だし、打撲を悪化させるのも俺の自由。俺はおまえの家族じゃねーし、所有物でもないっ」

勢いで啖呵《たんか》を切ってしまってから、はっと我に返る。ついさっきまで不機嫌をあらわにしていた男が、いつの間にか無表情になっていたからだ。

この顔はヤバいやつだ。怒りがマックスになって無表情になってるやつ。

（謝ったほうがいい。こういうときのこいつは危険だ。手負いの猛獣だぞ）

内なる声に囁かれて口を開く。

「あ……えっと……その」

言いすぎたと謝る前に、響が動いた。両方の足首を摑まれ、体を引っ繰り返される。

（え？　え？）

自分の身になにが起こっているのか理解が及ばず、ソファの座面に突っ伏していると、足首にひやっと冷たいなにかが触れた。続いて、カチャッ、カチャッという金属が嵌《は》まる音。首を後ろに捻って、音の発信源を見た俺は、「手錠!?」と大きな声をあげた。

両方の足首に、手錠が嵌まっていたからだ。ぐるっと体を反転して、目の前の男に嚙みつく。

「なんなんだよ、これ！　外せよ！」

「言うことを聞かなかった罰だ」

「はあっ!?」

「そこで大人しく反省していろ」

言い置くなり、響はソファから離れていった。ネクタイのノットを緩めながらキッチンまで行き、冷蔵庫を開けて缶ビールを取り出す。プシュッとプルトップを引き上げ、ビールをごくごくと呑み始めた。

「人んちのビールを勝手に呑むな！　つか、手錠をプライベートで使っていいのかよ？　仕事道具だろっ」

キッチンに駆け寄ろうとしたが、足枷《あしかせ》が邪魔で果たせない。つんのめって、床に四つん這いになってしまった。なんとか手錠を外そうと、輪っかをあれこれ弄ってみたものの、びくともしなかった。これはおもちゃではなく〝本物〟なのだ——と実感する。

自力ではどうにもできないことを覚った俺は、ビールを片手に俺の悪戦苦闘をしれっと観察している男を睨みつけた。

「この不良刑事っ」


「おい、いい加減外せよ」

「駄目だ。反省が足りない」

約二十分後。手錠で両脚を拘束された俺をソファに放置して、スーツの上着を脱ぎ、ダイニングテーブルの椅子に腰を下ろした響は、手酌《てじゃく》で呑み続けていた。くそ、何本目だよ。俺のストック呑み干すつもりか？

「ばか！　イケズ！　あんぽんたん！」

小学生みたいな罵声を吐くのも何度目か、もう回数すらわからない。俺がどんなに罵ろうがわめこうが、のれんに腕押しとばかりに、敵は完全スルーを決め込んでいる。

時折響を罵りつつ、ソファから立ったり座ったりしていた俺は、ふと、下腹部に異変を感じた。これはアレだ。生理的な現象だ。

意識したとたん、一気に強い尿意に襲われ、下腹部を手で押さえる。そこから、もはや我慢できないところまで追いつめられるのに、ものの五分もかからなかった。響が帰ってくるまでの三十分間、気を紛らわすために、珈琲をガブガブ飲んだせいだと気がついても後の祭り。

「……トイレ……行きたい」

響に訴えたがスルーされた。

「漏れちゃうよ!!」

切羽詰《せっぱつ》まった叫びに、やっと響が立ち上がり、黙って近づいてくる。トラウザーズのポケットから取り出した鍵で足首の手錠を外され、自由になった脚にほっとする間《ま》もなく、両手を体の裏側に持っていかれた。後ろ手に手錠を嵌められて、呆然とする。

(今度は手?)

なんなんだよ……と思ったが、膀胱《ぼうこう》がすでに限界だったので、文句を言う時間すら惜しんでトイレに直行した。しかし、ドアの前ではたと気がつく。いまの自分にはそもそもドアが開けられないし、ボトムを下げることもできない。

目の前にトイレがあるのに使えない。もどかしさと歯痒さで頭がおかしくなりそうだった。

「うあああ……」

呻いて首を左右に振って、内扉の横の壁に寄りかかる響と目が合う。鞣《なめ》し革のような浅黒い貌には、相変わらず表情はなし。

くっそー。高みの見物しやがって……ドSめ！

怒り狂って、右足をドンドン踏み鳴らしたら、余計に漏れそうになった。悔しさともどかしさで涙が滲む。唇をぎゅっと嚙み締めたけれど……もう本当に限界で。

「ひび……響、助けて！」

結局、涙声で助けを乞うしかなかった。壁から肩を離した響がゆっくり歩み寄ってきて、トイレのドアを開ける。俺を個室のなかに押し込み、背後に立った。手を使えない俺の代わりに、ブリパンツと下着を下げる。

「ほら、出せ」

促された瞬間、俺は限界まで我慢していた生理的欲求を解放させた。全部出し切って、はあはあと肩で息をする。マジで膀胱が破裂するかと思った。

……ギリギリセーフだ。ギリギリ助かっ……。

（……ん？）

放心していた俺は、水が流れる音で、現実に引き戻された。

俺、いま排泄シーンを見られた？

ぶわーっと羞恥が込み上げてきて、全身が羞恥の炎に包まれる。大概の痴態はすでに見られているが、これはそれとは違う種類の恥ずかしさだ。顔が熱い。ぜったい真っ赤だ。

赤面して俯いていたら、背後から手が伸びてきて、俺のペニスを掴んだ。びくっと肩が揺れる。

「な、なに？」

上擦った声で訊いたが、返事はなかった。大きな手でぎゅっと握り込まれ、急所を掴まれているシチュエーションに、生理的な恐怖心が募る。

「は、離せ！　手を離せって……離……」

声が途切れ、喉が鳴った。俺の分身に絡みついた響の長い指が、やんわりと動いたからだ。裏筋を指の腹で擦られて、ぴくっと体が震える。巧みな手淫で、弱い場所を狙い澄ましたように刺激された愚息《ぐそく》が、みるみる元気になっていく。あれよという間に七割方勃起したおのれに目眩を覚えた。

（マジかよ？　このシチュで？　いくら最近忙しくてご無沙汰だったからって……）

「……固いな」

耳許に吹き込まれた低音に、火照った首筋がぞわっと粟立つ。響の手のなかのペニスもぴくんと跳ねた。

「どうする？　ついでに白いのも出すか？」

「ふっ……ふざけんな！」

脊髄反射で怒鳴った俺に、「じゃあ、このままだな」と突き放すような声が告げる。ペニスを離し、太股まで下がっていた下着とリブパンツを引き上げた響が、すっと身を引いた。突然、背中に密着していた熱を失った心許なさに、「あ……っ」と小さな悲鳴が漏れる。

（行っちゃう）

あわてて身を返し、個室から出ていく男を引き留めようとしたが、両手が拘束されてしまっていて使えない。

「ま、待って！」

仕方なく口で呼び止め、大きな背中にどんっと体当たりした。

「…………」

響は立ち止まったが、なにも言わない。こちらを振り返りもしない。頑なに背を向ける男に対して、どうアプローチすればいいのかわからず、俺は困惑した。

響が俺に対して相当キレているのはわかる。たぶん、俺が地雷を踏んだのだ。

俺だって腹が立っていた。いくら誓いを破ったからって、手錠までかけることないじゃん。

それでも、一瞬でも、恋人の手の熱や体温を感じてしまったあとでの放置プレイは辛すぎた。

どうすればいいのかわからないまま、気がつくと俺は、頑強な背中にすりっと顔を擦りつけていた。シャツに染みついた煙草のにおい。煙草は嫌いなのに、なぜか心地よく感じる。嗅ぎ慣れた恋人のにおいだから、包まれると安心するのだ。

「……ひびき……」

布に唇を押しつけて名前を呼ぶと、固い体がぴくっと身じろいだ。

「響……」

無意識に甘えたような声音になってしまうのを、自分でも止められない。と、すごい勢いで響が振り返り、大きな体にそぐわない俊敏な動きで、俺を攫うようにすくい上げた。

「えっ……えっ？」

体がふわっと浮き上がり、自分が横抱きにされているのを自覚したときにはもう、廊下を歩き出している。寝室のドアを蹴り開け、ベッドに歩み寄り、俺を落とした。

「うわっ」

バウンドした俺の上に覆い被さってきた響が、リブパンツのウエストのゴムを摑む。つい先程、自分が引き上げたばかりのパンツを、無造作に引き下ろした。一気に脹ら脛まで下げ、足から引き抜き、雑に放り投げる。

「あっ」

衣類を剝ぎ取られた両脚を大きく割り開かれ、喉から悲鳴が漏れた。

両手でそれぞれの脹ら脛を摑んだ響が、大股開きを強いられた股間をじっと見下ろす。昏い熱を孕んだ視線に晒《さら》されて、七分勃ちのペニスがふるっと震えた。

見られている。余すところなく、隅々まで、赤裸々《せきらら》に。

そう思ったら、また少し角度が変化した。もうすぐ腹にくっつきそうだ。

視線だけで完勃ちなんて恥ずかしすぎる。

（顔が……熱い）

隠したかったけど、両脚は摑まれているし、両手は拘束されているしで、ままならなかった。

手錠が嵌まった手首を、体の後ろでカチャカチャと鳴らす。

「……手錠……外して。ねえ……外してよ」

懇願したが、無視された。

（くそっ）

まだ許すつもりはないということか。つまりこれは……お仕置き？

脳裏に浮かんだ〝お仕置き〟というワードに反応してか、下腹部がずくっと疼いた。先端に、じわっとカウパーが滲んだのがわかる。

（俺、もしかして……ドSっぽい響に興奮している？）

そんなばかな。そんなわけがない。断じてMっ気はないはずだ。

心のなかで否定しているあいだにも、響が脹ら脛から片手を離し、勃ち上がったペニスを握る。

俺の顔を上からまっすぐ見下ろしながら、響が手を動かし始める。意外にも、その動きはソフトだった。俺がどこをどうされると感じるか、熟知している男にやさしく愛撫され、とろとろと蜜のような快感が染み出す。快感の証のようにカウパーが溢れ、軸を伝ってアンダーヘアを濡らした。

まるでそれを待ちわびていたみたいに、屹立がおののいた。

いつもよりカウパーの量が多い気がする。やっぱり興奮……しているのか？

俺の表情の変化を逐一《ちくいち》チェックしているような、熱を秘めた黒い瞳にも煽られる。

「ふ……あっ……」

熱い息が零れた。……気持ちいい。自分でやっても、こんなふうに気持ちよくなれない。自分の体のことは、自分が一番よくわかっているはずなのに。なんでだろう……。

ぼんやりとそんなことを考えながら、唇が無意識に動き、譫言《うわごと》のような声が漏れる。

「……い……ぃ」

響の双眸がじわりと細まった。

後ろのスリットまで流れ伝った先走りを、指先にすくい取り、アナル周辺に塗り込む。しばらくあわいをさすっていた指が、頃合いを見計らったかのように、ずぶりと体内にめり込んできた。

「ひ、あっ」

固い異物がずるずると入ってくる。行けるところまで行くと、狭い肉の筒を捏《こ》ねるような動きが始まった。異物を押し込まれ、粘膜を掻き混ぜられる違和感に、ぎゅっと目を瞑る。

目を閉じて、陵辱に耐えること一分ほどで、ずるっと指が引き抜かれ、体を引っ繰り返された。

俯せで、側頭部を枕に埋め、尻を高く掲げた体勢を取らされる。両手は後ろで拘束されたままだ。不自由な格好を強いられているのに、不安と興奮が入り交じったような、妙な高揚《こうよう》感に包まれている。こんなの、初めてだ。

ドクドクと鼓膜に響く自分の心臓の音と重なるように、背後から、ベルトのバックルを外す金属音と衣擦《きぬず》れの音が届く。

尻を鷲摑みにされ、真ん中から割られた。普段は閉じている部分にひんやりとした空気が触れて、反射的に身がすくむ。あらわにされた狭隘《きょうあい》な場所に、ごつごつと隆起した固いものを擦りつけられた。

「……っ……」

ぬるぬると擦りつけられた場所から、微弱な電流が放電される。ぴりぴりとした刺激が背骨を這い上がり、首筋の産毛が総毛立った。口が自然と開く。アナルもひくひくと蠢く。

ごくっと喉を鳴らした刹那、濡れた切っ先を押しつけられた。張り出た亀頭をぐっと押し込まれ、上体をのけ反らせる。

「ひ、ぃ……」

体の中心部に極太の楔《くさび》を打ち込まれる感覚。ずっ、ずっ、ずっと鈍い痛みが体内に響く。

「あ、あうっ」

パンッと破裂音がして、腰骨と尻がぶつかった。ジン……と痺れを感じていると、腹のなかをいっぱいいっぱいに占拠していた肉棒が動き出す。

「んっ、んっ、あっ、あっ」

いきなり激しい抽挿《ちゅうそう》が始まった。このスタートダッシュのために、さっきまでエネルギーを溜め込んでいたのだと言うような、出し抜けの苛烈《かれつ》さに、俺は時化《しけ》の小舟よろしく揺さぶられた。

両手が自由なら、なにかにしがみついたり、爪を立てたりして、意識を逃がすこともできる。でも、それができない状況では、恋人の激しさを真っ向から受け止めるほかなかった。

「アウッ、うっ、ひぅっ」

支えている膝がガクガク震える。手錠が背中でカチャカチャと音を立てた。

甘い言葉も、キスもない。技巧にも頼らず、一途《いちず》で、ひたむきな抜き差し。あえて初心に立ち戻ったかのようなセックス。

だけどその分、体内を行き来する恋人の熱量をダイレクトに感じた。

熱くて、大きくて、強くて、強引で。

神蔵響という男、そのものみたいな。

腰を掴んで前後に揺さぶられた。尻上がりに激しさを増す追い上げに、強烈なライトを浴びたみたいに眼裏がチカチカ発光する。

「ふ、あ、あ——っ」

内股が激しく痙攣《けいれん》するのと連動して、体内がきつく収斂《しゅうれん》した。オーガニズムに痙攣する俺の最奥《さいおう》から、響がおのれをずるっと引き抜く。一瞬後、腰のあたりに〝熱〟が散った。肌に点々と撒き散らされた放埒《ほうらつ》の熱さに、ぶるっと胴震いする。

「は……あ……あ」

目の前に紗《しゃ》がかかり、虚脱した俺は、ゆっくりと前のめりに頽《くずお》れていった——。


「…………」

少しのあいだ意識を失っていたらしい。じわじわと薄目を開けた俺は、一瞬後、がばっと起き上がった。四つん這いの体勢で、首を捻って周囲を見回す。

見慣れた自分のベッドに一人。響の姿はない。

視線を落とすと、両手が見えた。手錠はすでに外されていたが、どうやらイク際に強く引っ張ったらしく、手首に赤い跡ができている。

(手錠エッチであんなに盛り上がっちゃうなんて……)

自分の新しい一面を知ったような気がして、居たたまれない気分を持て余していたら、寝室のドアが開いた。湯気が立ち上っているタオルを手に戻ってきた響が、俺を見て、安堵の表情を浮かべる。

「気がついたか」

「……うん」

まっすぐ歩み寄ってきて、ベッドの縁に腰掛け、ほかほかの蒸しタオルで体を拭いてくれた。汗や体液に塗《まみ》れた下半身を拭う手つきはやさしく、欲望を吐き出したことで、溜まっていた怒気もガス抜きされたようだと感じる。

ほどなくして、響が手を止めた。俺の手首の赤い跡に気がついたらしく、つと眉根を寄せる。

「赤くなっているな。痛いか?」

「……平気。見た目ほど痛くないよ」

いらえに、響が「そうか」とつぶやき、俺の両手を摑んだ。顔の位置まで持ち上げ、右の手首にくちづける。癒すように赤い跡に何度かくちづけてから、左の手首へと唇を移動させた。ちょっとこそばゆくて、俺は首を縮める。

「響」

「ん？」

「……心配かけてごめん」

やっと素直に謝ることができた。

過保護に思える言動のすべては、俺を案じているからこそ。昔からそこは一貫している。

わかっているのに、時々意固地になってしまうのは、俺のなかに、恋人と対等でありたいという気持ちがあるからだ。

頼りがいのある逞しい肩に、当然のように寄りかかっていたら、いつか足を引っ張る。

それはいやだ。

できればずっと同じ歩調で、肩を並べて歩いていきたいから――。

響が俺の頭に手を載せ、ぽんぽんしたあとで、顔を覗き込んできた。

「足は？　小指はどうだ？」

ドSモードから、いつものおかんモードに戻った恋人に、俺は笑う。さっきは別人みたいでちょっとドキドキしたけど、やっぱりこっちのほうがいい。

「大丈夫」

ほっとしたような表情を浮かべる響に、俺は自分から仲直りのキスをした。

あとがき

タフの本編五冊を連続刊行してから一年半余り、長らくお待たせしてしまいましたが、ようやくタフＥＸＴＲＡ１をお届けできます。

おかげさまでタフ本編に大きな反響をいただき、響とシンゴをもっと読みたいという有り難いリクエストもたくさんいただきました。この五月にデビュー二十周年を迎えたタイミングで、新しいタフをお届けできる運びとなり、本当にうれしいです。

うれしいといえば、今回も高崎ぼすこ先生に挿画を担当していただけました。本編五冊のカバーは、二人の関係性の変化を描いていただいたのですが、今回の表紙は高崎先生のアイデアで〝シンゴに甘える響〟バージョンです。素敵！（かっこいいデザインは、本編に引き続きウチカワデザイン様です）本文イラストもたっぷり♡　にまにましながらお楽しみくださいませ。

内容は、響の誕生日に奮闘するシンゴや、響視点のアンラッキーな一日、二人の高校時代など、バラエティに富んだラインナップになっているかと思います。難しいことは考えず、甘い物やお好きな飲み物を片手に、響シンワールドにどっぷり浸って、日々の疲れを癒していただけましたら幸いです。来月には、ＥＸＴＲＡ２も発売予定です。どうか二冊まとめてかわいがってあげてくださいね。

二十年間続けてこられましたのも、皆様の応援あってこそ。これからも地道に書いてまいりますので、なにとぞよろしくお願い申し上げます。

岩本　薫

ビーボーイノベルズをお買い上げいただきありがとうございます。
この本を読んでのご意見・ご感想をお待ちしております。

〒162-0825 東京都新宿区神楽坂6-46
ローベル神楽坂ビル4F
株式会社リブレ内 編集部

アンケート受付中
リブレ公式サイト　http://libre-inc.co.jp
TOPページの「アンケート」からお入りください。

BBN
B•BOY NOVELS

タフEXTRA1 Unlucky man

2018年6月20日　第1刷発行

著　者――――岩本　薫

©Kaoru Iwamoto 2018

発行者――――太田歳子

発行所――――株式会社リブレ

〒162-0825
東京都新宿区神楽坂6-46ローベル神楽坂ビル
営業　電話03(3235)7405　FAX 03(3235)0342
編集　電話03(3235)0317

印刷所――――株式会社光邦

定価はカバーに明記してあります。
乱丁・落丁本はおとりかえいたします。

本書の一部、あるいは全部を無断で複製複写(コピー、スキャン、デジタル化等)、転載、上演、放送することは法律で特に規定されている場合を除き、著作権者・出版社の権利の侵害となるため、禁止します。
本書を代行業者等の第三者に依頼してスキャンやデジタル化することは、たとえ個人や家庭内で利用する場合であっても一切認められておりません。

この書籍の用紙は全て日本製紙株式会社の製品を使用しております。

Printed in Japan
ISBN 978-4-7997-3871-9